AINSI MENTENT LES HOMMES

Paru dans Le Livre de Poche :

Inconnu à cette adresse

Jour sans retour

KRESSMANN TAYLOR

Ainsi mentent les hommes

TRADUIT DE L'ANGLAIS (ÉTATS-UNIS) PAR LAURENT BURY

ÉDITIONS AUTREMENT

Titres originaux :

THE PALE GREEN FISHES, THE RED SLAYER,
THE MIDAS TREE, THE BLOWN ROSE

ISBN : 2-253-11570-3 – 1re publication – LGF
ISBN : 978-2-253-11570-0 – 1re publication – LGF

Humiliation

Un été, Charles Corey revenait d'une semaine de démarchage à domicile, par un après-midi parfumé, lustré, fleuri de verges d'or, plein d'une délicatesse qu'il était plaisant de retrouver après la chaleur et les escarbilles des trains locaux, la climatisation glaciale des halls d'hôtels et des bars. Arrivé chez lui, en remontant l'allée de gravier qui partait du portail, il vit sa femme en plein travail, avec leur plus jeune fils, dans la verdure du jardin, parmi les masses de phlox roses et d'hibiscus écarlates, alors que, derrière eux, la rivière sombre luisait en longs rais à travers les saules.

Il remarqua qu'elle avait choisi de travailler au milieu des fleurs et non dans le potager, où il aurait préféré la trouver, mais il se fit cette réflexion sans animosité. Il prit même plaisir à lui pardonner ce léger mépris du devoir, parce que c'était le jour où il rentrait ; ces retours hebdomadaires étaient toujours marqués par une tendresse presque larmoyante (il sentait déjà l'émotion jaillir en lui), par un désir d'envelopper, d'étreindre ce petit cercle de famille qu'il gouvernait, qu'il avait fondé, de le refermer sur lui, pour exclure le monde extérieur.

Le gravier crissait sous ses pas. Il regardait sa femme, toujours à l'ouvrage, toujours inconsciente de sa présence. À la vue de son corps compact et doré par le soleil, de ses hanches plutôt lourdes et de ses épaules mouchetées de taches de rousseur, surgissant du short rouge fané et du bain de soleil qu'elle portait, il se sentit traversé d'un frémissement de satisfaction possessive.

Le petit garçon fut le premier à le voir : il quitta son occupation, bondit vers l'adulte avec sa démarche gauche d'enfant de neuf ans et se jeta convulsivement sur les genoux de son père.

Charles Corey le tint à distance, non sans impatience. « C'est bon, c'est bon, petit garnement. Tu me laisses un peu embrasser ta mère, d'abord, tu veux bien ? »

Il tendit sa lourde mallette à l'enfant, qui partit en avant à petits bonds, l'épaule droite ployant sous le fardeau. Mary Corey se leva et, de son bras nu, écarta les cheveux de son front. Son expression passa lentement de la sérénité à la joie de l'accueil, prenant un éclat radieux qui touchait toutes les lignes de son corps et conférait de la vivacité à son petit visage fragile. Elle vint à sa rencontre, d'un pas vif, un déplantoir à la main.

« Ne me fous pas cette saleté sur mon costume », dit-il en se baissant vers sa bouche pour l'embrasser longuement, la fouillant de ses lèvres humides, tandis qu'elle se collait à lui, heureuse, et que le petit Richard les contemplait, fasciné, ses jeunes yeux montrant son contentement de les voir ainsi réunis.

L'enfant savait qu'elle allait commencer, cette première belle journée, et il était plein d'espoir lorsqu'ils se dirigèrent vers la maison, son père serrant sa mère contre lui, tandis qu'elle tenait le déplantoir à l'écart dans sa main libre.

Et comme toujours, son père entra le premier pour baisser les stores, car il aimait les pièces sombres et fraîches en été. Sa mère laissait toujours les fenêtres ouvertes, le soleil entrait, promenant le vacillement de sa chaude lumière sur les boiseries foncées, faisant rayonner les rideaux rouges ; les lueurs de la fin d'après-midi projetaient leurs paillettes, leur langueur, à travers toute la pièce. Mais quand son père baissait les stores, il s'installait une obscurité sanglante, l'air s'immobilisait, comme si la maison se fermait inexorablement autour d'eux, dans un silence brûlant, liant, dans un crépuscule brun-rouge dont ils ne pourraient jamais sortir, jamais.

Mais c'était avec cette étrange tombée de la nuit que tout commençait. Sa mère apportait deux verres de bière surmontés d'un haut faux col, comme prêts à déborder, avec de minuscules bulles brillantes qui remontaient constamment. Le liquide paraissait doté d'une riche couleur brune, mais Richard savait qu'à la lumière il aurait été doré. Et à coup sûr, quand son père avait bu une longue gorgée, si longue qu'on voyait le plaisir qu'elle lui procurait, quand il s'était essuyé le bord de la moustache avec son mouchoir plié, sa voix prenait cet admirable ton important et il se mettait à tout leur raconter, il apportait dans leur propre demeure, dans ce silence brun-rouge, tout le monde inconnu des villes grouillantes et des foules affairées, des lieux étrangers, des hommes au nom merveilleux, connus de lui. Et sa mère souriait, souriait de bonheur, en sirotant précautionneusement sa bière de temps à autre, timidement, comme pour essayer, comme si c'était quelque chose d'amer qu'elle redécouvrait à chaque fois, mais dont le goût lui plaisait tout de même. Et son père parlait.

Son père savait tout sur tout. Sa mère ne savait pas tant de choses. Elle se posait toujours des questions. Elle ne comprenait pas pourquoi certaines feuilles, comme celles du saule, étaient si longues et minces, alors que d'autres étaient épaisses et arrondies. Elle passait son temps à goûter, à flairer, à palper les choses avec ses mains, l'écorce, les cailloux, la fourrure, les plats lisses. En la surveillant, on pouvait la prendre sur le fait et elle devenait tout embarrassée, mais le petit garçon voyait très bien pourquoi elle était obligée de faire ça. Lui-même, il n'était jamais rassasié de la résistance froide de l'eau de la rivière lorsqu'il y passait les mains, ou des brins séparés et flexibles de l'herbe contre ses orteils nus. Sa mère n'était pas tout à fait adulte. Elle tâtait constamment le monde, avec une lenteur charmante. Elle s'interrogeait constamment. Mais son père connaissait les choses. Son père savait assurément tout sur tout.

C'était merveilleux de l'entendre parler, de sa voix vive et triomphante, admiré par son épouse. Le cœur de l'enfant se gonflait de joie ; avec sa mère assise près de lui, ils écoutaient tous deux, silencieux et attentifs, ils buvaient les merveilles que cette riche voix leur offrait. Même les messieurs au nom important étaient obligés de s'arrêter, de prêter l'oreille, d'avouer que cet homme était étonnant.

Son père croisa les genoux et alluma un cigare, dont le bout rond brilla dans les ténèbres de la pièce, tandis que l'odeur douce et puissante atteignait leurs narines.

« Je lui ai sorti ça sans prendre de gants, déclara-t-il d'une voix vibrante d'exultation masculine. Je lui ai dit : "Écoute, J. F., tu veux que je te fasse un dessin ?" et je lui ai craché le morceau. Je lui ai sorti ça directement. Et il ne pouvait rien répliquer. Il savait que je l'avais coincé. Bon sang, Mary, j'aurais voulu que tu voies la figure de ce gros prétentieux. »

Le petit garçon savait que « J. F. » était le directeur de l'entreprise pour laquelle travaillait son père, et il voyait toute la scène comme son père l'avait dépeinte, le visage blanc de J. F., intimidé, attendant, pendant que son père le dominait fièrement de sa haute taille et lui « crachait le morceau ». Ces mots mêmes étaient merveilleux, et l'enfant admirait comme il le devait l'orgueil, la beauté, l'assurance superbe de son père. L'orgueil émanait de cet homme, du tissu crème de son costume d'été boutonné autour de sa large taille, des épaisses boucles de cheveux qui partaient de son front haut.

Le visage de Richard s'empourpra et il regarda sa mère. Ses yeux avaient tout à coup perdu leur joie, même si elle souriait encore vaguement. Elle allait dire quelque chose. Elle allait tout gâcher. Il la détestait.

Mais sa mère n'ouvrit pas la bouche, et son père continua à parler. Peu à peu, le petit garçon retrouva cette chaleur, tandis qu'il observait subrepticement le visage de sa mère qui commençait à s'illuminer, pour de nouveau accueillir son père.

«La situation politique...», disait son père, et, un instant après: «la situation du crédit...»; les mots «situation politique», «situation du crédit», tels qu'il les prononçait, avaient en eux un tonnerre lointain, une énormité menaçante. Leur sombre grondement et leur immensité s'enflèrent au point d'occuper toute la pièce, tapis dans les moindres recoins. Car ces ténèbres roses étaient extraordinaires et, si le petit garçon s'y laissait aller, s'y perdait, il pouvait faire apparaître des génies dans les coins éloignés. Il distingua une spirale, une chose lourde et sombre qui se déplaçait, s'enroulait et attendait, là-bas où aurait dû se trouver la porte de la salle à manger; une créature agitée qui ne cessait de changer de forme comme les nuages en été, qui ont l'air immobile jusqu'à ce qu'on les regarde vraiment, mais qui tournoient, qui se déchirent, qui changent toujours. On pouvait découvrir une tête monstrueuse et, avant que vos yeux ne l'aient saisie, les longs crocs s'effilochaient en vapeur d'eau, la forme se tordait et devenait le corps grossier d'un animal étiré. Les mots de son père frappaient son oreille externe: «... Ils sont en train d'étouffer l'affaire. Je le tiens tout droit de Jim Regan, à Washington. » Et pour le petit garçon, le ton sinistre de ces propos intensifiait la menace, le tourbillon de nuit, de tonnerre et de danger qu'il distinguait à l'autre bout de la pièce.

La mince traînée de fumée qui flottait comme une nappe brune au-dessus des têtes roulait presque imperceptiblement dans l'air immobile, se rapprochait de l'angle du salon, de ce dangereux tourbillon crépusculaire. Subjugué et tremblant, l'enfant vit les premiers tentacules de fumée atteindre le monstre ; il n'écoutait plus, il était absorbé, ravi, partagé entre la terreur et l'excitation, par ces ombres brunes et épaisses qui aspiraient et dévoraient la fumée légère.

Cette menace planait toujours derrière la joliesse du monde quotidien ; partout ces puissances noires et informes s'élançaient silencieusement hors de l'ombre, hors de la nuit, cherchant à s'emparer de lui, à l'attirer, presque contre son gré, à le faire venir de plus en plus près de ce chaos obscur et nébuleux. Le mal, en attente, déployait ses tentacules de fumée brune dans l'obscurité chaude et silencieuse ; tout en le redoutant et le désirant à la fois, tous ses sens étant conscients du danger, l'enfant commençait à flotter comme la fumée, il était attiré, aspiré, aspiré…

Le silence de la pièce le tira de sa rêverie et il vit les yeux de sa mère rivés sur lui, inquiets, pour l'avertir. Il dit très vite « oui, papa », comme un automate, comprenant tout à coup que son père lui avait adressé la parole mais sans qu'il ait pu entendre les mots, qui n'avaient touché que son oreille externe et qui flottaient à présent quelque part dans son esprit, comme un écho, hors de portée. Il tenta d'affronter courageusement le regard de son père.

« Tu rêvassais encore », dit son père avec mépris. Il répondit aussitôt : « Oui, papa. Je suis désolé.

— Je t'ai demandé ce que tu faisais de bon à l'école, répéta la voix de l'homme.

— Oh ! ça va, dit-il. Je pense que ça va.

— Tu penses ? demanda froidement son père. Tu n'en es pas sûr ?

— Si, papa. Je travaille bien. »

Sa gorge se serra aussitôt, jusqu'à l'étouffement, et il eut la sensation qu'il allait vomir, parce que le visage de son père était devenu dur, comme prêt à le punir ; la magie de cette journée était brisée, et c'était sa faute à lui, Richard. Désespéré, il vit son père diriger son regard sévère vers sa mère. « Si je te laisse trop longtemps toute seule avec le gosse, tu m'en feras une femmelette. Ça te plairait, ça, hein ? » dit-il avec amertume.

Richard comprit alors que sa mère allait les sauver. Elle ne prit pas l'air humble, craintif, replié, qu'elle avait habituellement lorsque le père lui parlait ainsi. Ses yeux gardèrent leur éclat joyeux, sa bouche forma une moue charmante et elle éclata de rire : le visage de son père devint rouge et content, il l'attira de nouveau contre lui et couvrit ses lèvres d'un long baiser persistant. Simplement, sa mère ne s'abandonna pas à cette étreinte comme elle avait pu le faire dans le jardin. Elle offrait sa bouche, mais ses épaules étaient tendues, ses mains étaient deux poings crispés tombant le long du corps au lieu de s'étaler avec bonheur sur le dos de son mari. Elle les avait sauvés, mais elle avait honte ; elle souffrait. Le petit garçon, s'accrochant éperdument aux vestiges de cette journée, qui durait encore, qui se poursuivait malgré tout, était trop soulagé pour s'en inquiéter.

Ils dînèrent sous le porche qui donnait sur la rivière. Ils n'étaient que trois car son grand frère Gordon était parti chez les scouts pour deux semaines. Son père n'avait pas encore prononcé son nom. Il y avait de la pastèque en entrée : Richard fit bien attention de ne pas cracher les pépins, en lançant de temps en temps un coup d'œil vers son père pour voir s'il remarquait comme son cadet mangeait proprement. Mais le père ne s'intéressait pas encore à son comportement. Tout cela viendrait le lendemain.

Il était encore plein d'exubérance, d'histoires à raconter, et lorsqu'ils eurent fini de manger, il s'adossa à sa chaise et soupira, puis appela maman pour qu'elle vienne s'asseoir sur ses genoux, lui prit les bras dans ses mains, pencha un peu la tête et dit tout à coup à voix basse, mi-implorant, mi-ordonnant : « Tu crois en moi, hein, Mary ? » Sa mère redressa vivement la tête, son visage s'éclaira et elle leva une main pour lui caresser les cheveux. Puis il lui serra les bras, posa la tête sur sa poitrine et dit : « S'il te plaît, crois en moi. S'il te plaît, aime-moi. »

Sa mère murmura, comme en chantonnant, mais un peu timide : « D'accord. » Son visage était si beau, elle souriait.

Son père releva la tête et promena ses mains sur les épaules de maman, puis sur ses cheveux : « Tu as un petit grain de beauté dans le cou, juste en dessous de l'oreille gauche. » Ils éclatèrent de rire tous les deux et sa mère parut de nouveau heureuse. De l'autre côté de la rivière, le soleil se couchait dans un brouillard rouge derrière la montagne et les ormes s'embrasaient de reflets roses ; sur la table, les assiettes formaient un triangle luisant, plein de flaques roses de jus de pastèque. Une odeur fraîche montait de la rivière, tout était merveilleux.

La lumière matinale était blanche, une brume basse masquait la rivière, on sentait déjà qu'il ferait très chaud. Le petit garçon se hâta de sortir du lit en entendant des bruits au rez-de-chaussée, le tintement des bols, la porte du réfrigérateur qui s'ouvrait et se refermait, des voix dans la cuisine. Le parfum du pain grillé se répandait dans l'escalier, mêlé à l'odeur de métal chaud de la poêle à frire.

Dans la douche, il se plaqua contre un mur et tourna doucement le robinet (parce que l'eau coulait toujours trop chaude ou trop froide), puis il glissa son corps sous le jet violent. Il n'était jamais vraiment sale, parce qu'il passait son temps à se baigner dans la rivière. Une bande de peau blanche ceinturait ses reins, en net contraste avec ses jambes brunes et son ventre brun. Il se rappela que sa mère avait dit qu'il était peint en trois parties, maintenant qu'il passait ses journées en maillot de bain. Sans curiosité, il mit à l'épreuve, à l'aide du savon et de la brosse, le caractère indélébile de la teinture de ses cuisses ; ce brunissement était le don inexplicable du soleil, c'est l'été qui le métamorphosait. Cela lui plaisait, mais, en même temps, il était stupéfait de voir que les éléments pouvaient avoir sur lui une telle influence, pouvaient l'atteindre alors qu'il était si loin du soleil, et le marquer ainsi, qu'il le veuille ou non. Il leva la tête et l'exposa à toute la force de la douche, laissant l'eau traverser sa chevelure et ruisseler agréablement sur son visage et ses yeux fermés.

Une fois habillé, après avoir soigneusement peigné sa mèche, ou du moins ce qu'il en voyait dans le miroir, il se dirigea vers l'escalier et, sans se rendre compte du crime qu'il commettait, il fit un bond de kangourou par-dessus les trois marches menant au palier ; ses chaussures du dimanche, toutes raides, claquèrent sur le bois nu. Il tituba et un frisson remonta ses jambes jusqu'aux genoux. Dans la cuisine, les voix se turent. Puis sa mère l'appela très vite, d'un air un peu trop dégagé : « Essaye de descendre un peu plus doucement, Ricky. »

La voix de son père, sévère et péremptoire, coupa celle de sa mère : « Dick ! Tu m'entends ?

— Oui, papa », répondit le petit garçon, immobilisé sur le palier, en attente, retenant son souffle, conscient de ce qui allait arriver.

— Fais demi-tour. » La voix de son père était froide et retenue. « Remonte les marches puis redescends-les. Tu comprends ce que ça veut dire ? En *marchant*. Tu crois que tu en es capable ?

— Oui, papa», lança-t-il pitoyablement. Il remonta sur la pointe des pieds, se retourna et, de mauvaise grâce, entreprit une descente précautionneuse, lente, les genoux fléchis, non sans appréhension, car le cuir de ses talons sonnait sur chaque marche.

Il traversa la cuisine pour gagner la table et vint se planter devant son père, dont l'œil offensé et fier le toisa.

«Bonjour, papa.»

Son père émit un bruit impatient. «Puis-je te demander si c'est la façon dont tu descends les escaliers tous les matins?» Il avait le visage lourd et dur. Au petit déjeuner, son père avait toujours cette lourdeur de mauvais augure.

«Non, papa.»

Son père se renversa sur sa chaise et ses coudes déplacèrent la nappe à carreaux rouges, de sorte que les couverts s'entrechoquèrent. «En semaine, quand je ne suis pas là, tu descends calmement, sans tout ce raffut invraisemblable?

— Oui, papa», répondit Richard d'un ton malheureux. Sa gorge se fermait, rebelle, parce qu'en effet, la plupart du temps, il descendait tout doucement.

«Je vois. Tu veux dire que la seule fois où tu fais craquer le plancher et où tu tapes dans les murs de cette maison comme une chèvre des montagnes, c'est quand moi, je suis là? Tu le fais pour moi? C'est ça que tu veux dire?

— Non, papa. Je veux dire...» Il s'arrêta, piégé. Le rcgard de son père était froid et exigeant, le forçait à répondre lorsqu'il aurait préféré se taire.

« Continue. Que veux-tu dire ?

— Je suis désolé. J'avais oublié. »

Les coins de la bouche de son père bougèrent imperceptiblement. Il ne restait sur ses lèvres qu'une vague trace de son sourire satisfait. Son visage devint moins dur, plus conciliant, celui d'un père prêt à discuter raisonnablement et honnêtement avec son fils.

« Dis-moi un peu, ça t'arrive quand même, quelquefois, en semaine, quand je ne suis pas là, de descendre l'escalier quatre à quatre ? »

Richard se détendit. « Quelquefois.

— Très bien. » Les yeux de l'homme brillèrent tout à coup. « Je pensais bien qu'on y arriverait. Donc, quelquefois, tu fais du raffut, tu tapes dans les murs, quand je ne suis pas là. C'est bien ça ? » La voix était l'incarnation de la justice, tellement dans son droit, tellement forte.

« Oui, papa. »

Le visage devint glacial. « Et que dit ta mère quand tu te mets à sauter partout comme un sauvage ? Allez, sois franc. Répète-moi exactement ce qu'elle dit. »

Tout l'esprit du petit garçon était déchiré par la lutte. Il avait senti venir la chose, mais ne savait jamais comment l'éviter. « Elle me dit d'arrêter.

— Ah ! Elle te dit d'arrêter, vraiment ? Je me demande… Sur quel ton exactement te dit-elle d'arrêter ? Que dit-elle ? Allez, dis-moi. »

L'enfant avait une frénétique envie d'aller se cacher la tête dans les bras de sa mère. Mais il devait rester là. Il n'avait aucune idée de ce qu'il devait répondre.

La voix de son père se fit métallique. « Qu'est-ce qui te prend ? Tu ne peux pas répondre à une question simple ?

— S'il te plaît, Charles », dit sa mère à voix très basse, de la cuisinière où elle se trouvait, le visage vidé de tout son éclat.

« Toi, reste en dehors de ça, dit férocement le père, sans tourner la tête. C'est entre le gamin et moi. On va voir s'il peut répondre franchement à une question simple. Allez, dis-moi, demanda-t-il au petit garçon d'un air impassible, pesant chaque mot avec autorité. Dis-moi simplement ce que fait ta mère quand tu sautes à pieds joints. Est-ce qu'elle te gronde ?

— Quelquefois », cria l'enfant, s'accrochant à la vérité désespérée, capitulant sous la pression de la férocité paternelle. Mais ce fut terrible. C'était exactement ce qu'il n'aurait pas dû répondre.

« Quelquefois ! s'exclama le père sur un ton triomphant. C'est bien ce que je pensais. Et ça veut dire que, la plupart du temps, elle te laisse foncer comme un taureau en renversant tout sur ton passage, sans rien dire, sans même essayer de t'en empêcher. C'est bien ça ? Hein ?

— Quelquefois, elle m'empêche », cria le petit garçon. Il se mit à pleurer.

L'homme tourna vers sa femme un visage furieux, outragé. « Tu vois ce que tu fais au gamin ? Regarde-le. Aucune discipline, il saccage tout sous le malheureux toit que j'ai réussi à placer au-dessus dc nous. Comment veux-tu que j'arrive à nous faire vivre dans un endroit décent si tu ne fais attention à rien ? Toi, tu serais prête à laisser détruire la baraque sous ton nez, pas vrai ? »

Les yeux de la mère brûlaient de colère dans son visage pâle. Ses lèvres remuèrent. « C'est injuste », dit-elle, la bouche serrée, presque inaudible.

« Qu'est-ce que ça veut dire ? » s'exclama brusquement le père.

La mère se retourna avec un sursaut de fureur et vit Richard recroquevillé entre eux. La colère se dissipa de son visage, et elle rejeta la tête en arrière comme pour se libérer de quelque chose. « Je suis persuadée qu'il faut une certaine discipline, Charles », dit-elle fermement, puis, avant que le père puisse répondre, elle s'approcha rapidement de la table, munie d'une tasse à café et d'un plateau bleu sur lequel le bacon s'enroulait, rose, et où fumait le centre jaune des œufs luisants. « Venez manger, tous les deux, avant que ça refroidisse. »

Richard voyait que le danger n'était pas encore passé. Quelque chose de sombre restait en suspens dans l'air, autour de son père. Le gros homme but impatiemment une gorgée de café, reposa brutalement la tasse, puis la reprit, la souleva de nouveau et but plus lentement. « Le café n'est pas mauvais, pour une fois », dit-il, et la mère eut un petit rire conçu pour détendre l'atmosphère. Le père tourna les yeux vers elle : il n'était pas satisfait, mais il n'était plus en colère, il était disposé à attendre. Il ramassa ses couverts et se mit à manger vite, en mâchant lourdement, avec plaisir.

Richard se glissa sur sa chaise. Le soleil avait commencé à percer la brume et à filtrer à travers les rideaux des fenêtres, de pâles rayons blancs sur la nappe rouge vif et la vaisselle bleue. Tout dans la maison vibrait, en attente, comme toujours quand le père revenait. Richard ressentait un étrange vide à la hauteur de son estomac, mais ce n'était pas tout à fait le creux de la faim ; c'était en partie le malaise suscité par la scène qui venait de prendre fin, en partie l'appréhension et l'excitation à la perspective du jour qui commençait. Son père provoquait les événements : les week-ends étaient toujours placés sous la menace d'une catastrophe imminente. Comme si on flottait dans les airs, au-dessus d'une superbe vallée parcourue d'orages imprévisibles. Son père leur faisait traverser les heures avec une vigueur assurée, mais on ne savait jamais quand on s'approcherait du bord des nuages bouillonnants qui vous foudroieraient parmi les grondements du tonnerre.

La lenteur calculée du petit déjeuner dominical s'étirait jusqu'à l'insupportable. Ils mangeaient en silence, à part le léger cliquetis des couverts contre les assiettes (son père était opposé à toute conversation à table), en attendant que soit annoncé le programme de la journée. Mais aujourd'hui tout se passait bizarrement. C'est parce que Gordon n'était pas là que tout l'arrangement de la famille partait de travers. Ils étaient très proches, Gordon et son père. Mais ce dimanche matin, son père était tout seul, il avait repris du jambon et des œufs, il mangeait lourdement, laissant délibérément son déplaisir planer au-dessus d'eux. Si Gordon avait été là, son père aurait mis fin à leurs ennuis par une plaisanterie, Gordon aurait ri et son père aurait été satisfait. Mais pour le moment, la tension persistait, le temps s'écoulait très lentement et tout était bizarre.

Alors son père fit une chose extraordinaire. Il posa sa fourchette et son couteau, s'essuya soigneusement la bouche avec sa serviette et tourna vers Richard un visage qui semblait avoir oublié toute son indignation. « Eh bien, fiston, tu pourrais me donner un coup de main tout à l'heure, quand on reviendra de l'église ? Il faut que je répare l'échelle cassée, et je veux mettre un nouveau ressort à la porte de la véranda. Tu crois que tu pourrais tenir un marteau sans te mettre les doigts en bouillie ?

— Bien sûr, dit Richard avec un sourire euphorique. Je veux dire, oui, papa.

— Bon, alors on essaiera, répondit son père en souriant également. Il est peut-être temps que tu commences à vivre dans un monde d'hommes. »

Lorsqu'ils se levèrent de table, il donna une petite tape amicale sur l'épaule de Richard et sortit avec lui sous le porche, mais Richard remarqua qu'il n'avait rien dit à maman, qu'il ne l'avait pas encore regardée, et cela réveilla la sensation de vide intérieur, malgré l'excitation causée par l'intérêt que lui manifestait son père. Parce que, d'habitude, quand ça allait mal, il les laissait tous les deux ensemble, et comme ça ils pouvaient se soutenir mutuellement et mieux supporter la chose.

Ce jour-là, sa mère fut très sage à l'église, elle ne tourna pas une seule fois la tête pour regarder le vitrail qu'elle aimait, que la lumière inondait, rouge comme du satin. Elle garda les yeux fixés sur le prêtre, le visage paisible et détendu. Richard lui jeta un coup d'œil pour voir si elle souffrait, mais non. Elle n'était pas heureuse, pourtant ; elle était simplement elle-même. Tout allait bien, et Richard put lui aussi être très sage, presque sans gigoter, de sorte que son père n'eut à lui donner un coup de coude que deux fois. Son père chanta très fort les cantiques « Lave-moi et je serai plus blanc que neige » et « Roc séculaire, qui pour moi fus fendu », comme il le faisait quand tout allait bien. Richard ne fut pas obligé d'écouter le sermon parce qu'il y avait une image d'une femme et d'un bébé sur la couverture de la brochure qu'on lui avait donnée au catéchisme : c'était Marie, la mère de Jésus, et il aimait bien son visage. Il y avait une ombre de tristesse dans ses yeux, mais elle avait l'air habituée, alors ça ne l'empêchait pas d'être contente avec son bébé. Elle rappelait à Richard sa mère, et il regarda de côté pour vérifier. C'est vrai, elles se ressemblaient, toutes les deux si calmes, douces, sachant qu'elles seraient blessées. Un élan d'amour pour sa mère surgit en lui, remplit son cœur et fit frémir ses os.

En revenant de l'église, son père parla à sa mère pour la première fois et dit qu'il aimerait une tarte aux cerises pour le dîner. Sa mère serait ravie d'en faire une. Ils arrivèrent lentement dans les faubourgs, puis dans leur rue, où les verges d'or empoussiérées se consumaient au soleil. On sentait le trottoir brûler à travers les semelles ; son père enleva son pardessus et le prit sur son bras, en fredonnant de sa voix de basse des bribes de cantiques, jusqu'à la porte de la maison.

C'était le milieu de la journée, chaude et assoupie, un moment qui s'étendait indéfiniment, avec le soleil qui dardait ses rayons sur les murs de bois nu à l'intérieur du petit atelier, derrière la maison, et rien de vivant ne semblait vouloir bouger. Rien sauf son père, qui s'affairait avec son rabot, détachant de minces copeaux de bois de la planche qui deviendrait le nouveau barreau de l'échelle. Rien sauf son père et les mouches, qui aimaient la chaleur et bourdonnaient en cercles sans fin, en plongeant de temps en temps dans l'éclat aveuglant, au plafond. Son père lui parlait d'homme à homme, pour lui montrer que c'était un bon morceau de bois, solide, avec le grain dans le sens de la longueur, sans nœuds pour en gâter la force. Il absorbait ce savoir, sentant que c'était le secret de la puissance de son père, qu'il y avait des choses à apprendre et à connaître, des choses utiles qui finissaient toujours par servir, qu'on pouvait transmettre aux autres, pour montrer qu'on était un homme qui savait comment s'y prendre.

Richard tenait l'échelle fermement tandis que son père, muni du vilebrequin, perçait les chevilles qui soutenaient le barreau cassé. Il y avait deux marques de clous sur le côté de l'échelle. Son père fronça les sourcils.

« Qu'est-ce que c'est que ces clous ? C'est toi qui as fait ça ?

— Non, papa, répondit Richard, heureux de ne pas être coupable, pour une fois. C'est maman qui a essayé de la réparer.

— Ah ! » dit son père. Il s'assombrit un instant, puis donna une claque sur le genou de Richard et eut un petit rire. « C'est ça, les bonnes femmes. On ne peut pas leur demander d'avoir de la jugeote. »

Il traitait Richard exactement comme si c'était Gordon, lui inculquant son savoir, partageant avec lui, riant avec lui ; cette plaisanterie sur sa mère, Gordon et son père la faisaient souvent. À présent, son père attendait une réaction, qui tardait un peu à venir. Richard éprouva un moment de panique à l'idée de décevoir son père et de perdre cette complicité nouvelle. Mais cela le blessait de rire de sa mère, parce que cette blague la poussait toujours à redresser un peu la tête, le visage immobile et fermé. Alors que Gordon aurait éclaté de rire avec enthousiasme, Richard put tout juste sourire, et un peu en retard. Mais son père vit le sourire et fut satisfait.

Tandis que son père tenait le nouvel échelon dans l'étau, Richard serra les mâchoires de l'engin en faisant tourner la grosse barre de métal. Son père avait placé une mince bande de bois lisse de chaque côté du barreau, pour éviter que les mâchoires de l'étau ne mordent dans la surface fraîchement rabotée.

« Il y a toujours deux façons de faire une chose : la bonne et la mauvaise », dit fièrement son père, d'un ton définitif. Une phrase à mémoriser, une connaissance à posséder, un fragment de certitude paternelle auquel la lourde voix de l'homme donnait une autorité catégorique. Mais il y avait chez Richard quelque chose de pervers, quelque chose qui, dans son esprit, se moquait de lui alors qu'il tentait de retenir cette phrase, source de sécurité nouvelle : *Il y a toujours deux façons de faire…* Et s'il y avait plus de deux façons ? demandait la petite voix ironique. Et s'il y avait des millions, des milliards de façons de faire ? On ne saurait plus laquelle choisir… Mais cela n'arrivait jamais à son père. L'assurance de son père était une puissance telle que tout s'écartait sur son passage. Comment apprenait-on à être aussi assuré ? Est-ce ainsi qu'on apprenait, une chose à la fois, en se rappelant toujours laquelle des deux façons était la bonne et laquelle était la mauvaise ? Mais comment arrivait-on jamais à la fin ? Comment connaissait-on ces deux façons, pour commencer ?

Gordon saisissait ces questions instinctivement. Gordon était comme son père. C'était pour Richard une cause de profond désespoir : il était incapable de trouver son chemin dans le monde de son père, il errait à travers les richesses de la terre, hésitant, sans jamais découvrir ses repères. Comment pourrait-il apprendre ? Comment devenir sûr et catégorique dans ses jugements, au milieu de la profusion kaléidoscopique des choses, quand la certitude était une terre étrangère ? Chaque fois qu'il tentait d'y parvenir, les questions sarcastiques surgissaient, il était obligé de se les poser, mais il ne pourrait jamais les poser à son père. « Tu as vraiment l'art des questions idiotes ! » dirait-il. C'était vrai. Richard le savait. Il était toujours apparu comme un imbécile aux yeux de son père. Mais aujourd'hui, tout était étonnamment différent, son père l'acceptait, lui enseignait des choses, et il essayait d'apprendre : *Il y a toujours deux façons de faire une chose : la bonne et la mauvaise.* Mais ces mots ne voulaient rien dire pour lui. Comme s'il avait voulu retenir une récitation qui n'avait aucun sens. On commence à répéter les mots, mais au bout de deux ou trois fois, ce ne sont plus des mots, ils n'ont plus de signification. Richard se mit à les faire rouler sur sa langue : *la bonne, labonne, abonne*, comme une sonnerie de gong qui était douce et agréable, un joli bruit dans sa gorge, mais qui ne voulait rien dire du tout.

Dans la chaleur du petit atelier, la sueur se mit à perler au front de Richard, une goutte descendit même le long de son nez. C'était formidable d'être avec son père, comme cela, mais ça durait trop longtemps. Il aurait voulu qu'ils arrêtent de travailler pour aller nager. C'était l'heure où sa mère et lui partaient toujours piquer une tête, avant le repas, mais comme son père aurait été indigné par cette suggestion, alors qu'il y avait de l'ouvrage à accomplir, Richard garda le silence et se contenta de penser à la baignade.

Ce serait merveilleux de se tenir au grand radeau accroché bien loin de la berge, et de plonger sous l'eau, où l'ombre du radeau formait une zone vert foncé sous la surface. Le radeau était beaucoup trop large pour qu'on puisse passer par-dessous à la nage. Richard avait peur de ne pas pouvoir retenir sa respiration assez longtemps, même s'il y pensait souvent. Pourtant, il était tentant de mettre la tête sous le rebord, là où l'eau était noire et brillante, et de sentir le poids du bois entre le ciel et lui.

C'était le premier été qu'il avait appris à faire autre chose que barboter dans l'eau, mais ses mouvements étaient encore trop brusques, il n'arrivait pas à nager très longtemps. Chaque jour, c'était magnifique, avec sa mère, de quitter la pelouse noyée sous le soleil, de descendre en courant l'escalier entre les saules qui poussaient en grands bosquets le long de la rivière, d'enlever leurs chaussures sur les galets, puis de sentir le choc délicieux de l'eau froide lorsqu'ils y entraient. L'eau était d'un vert laiteux, un peu saumâtre à cause de l'eau de mer qui remontait de l'océan, à vingt kilomètres de là. Une fois dans l'eau jusqu'aux aisselles, après s'être avancés lentement sur les pierres rondes et glissantes, s'ils restaient une minute sans bouger, les poissons vert pâle venaient leur mordiller les jambes.

Il se rappelait comme cela lui avait fait peur la première fois que c'était arrivé : ce contact caoutchouteux sur sa cuisse. Il avait crié, appelé à l'aide et s'était accroché à la main de sa mère lorsqu'elle s'était approchée à la nage. D'ordinaire, il n'était pas timide, mais c'était arrivé quand il était petit, il n'avait que sept ans, et l'attaque avait été inattendue. Richard souriait à présent en songeant au petit froussard qu'il était alors. Mais il se souvenait très clairement de ce qui s'était passé ensuite : ils avaient mis la tête sous l'eau et, après le flou initial, ils avaient contemplé ce monde aquatique. Il sentait encore l'étreinte de l'eau fraîche autour de sa tête, il revivait la vision des poissons, pas trop loin, en suspens, bougeant à peine. Ces poissons plats, d'un vert argenté, au museau arrondi, aux nageoires transparentes et tremblantes, avec leur œil isolé et fixe qui les regardait sans émotion, cet œil rond, vitreux, sans paupières.

« Ils nous examinaient, lui avait dit sa mère lorsqu'ils avaient ressorti la tête au soleil, pour voir si nous sommes bons à manger.

— Ils sont méchants. Ils m'ont mordu, insista le petit garçon.

— Non, ce n'est pas vrai. Ce n'est pas une question de méchanceté. Ils t'ont mordu, d'accord, mais ça ne t'a pas fait bien mal, si tu y réfléchis. En ce moment, nous sommes quelque chose dans l'eau, et il faut qu'ils sachent ce que nous sommes. Ils nous auraient mangés s'ils avaient pu, mais notre corps est trop grand, trop vivant et trop solide pour eux.

— Qu'est-ce qu'ils mangent ?

— Oh ! des poissons plus petits, des vers d'eau. Ils gobent de drôles de choses, des morceaux de métal brillants. Ils mangent aussi des choses mortes.

— Ils nous mangeraient, si on était morts ?

— Oui, j'imagine. Sous l'eau, les morts deviennent mous ; ils ne servent plus à rien. Les poissons aident à nettoyer. La seule chose que tu dois te rappeler », et le visage de sa mère devint sérieux, « c'est qu'ils ne font pas ça par méchanceté, ils mordent tout, vivant ou mort. Ils sont comme ça, voilà tout. Et c'est très important de connaître les choses comme elles sont. Pas comment tu as peur qu'elles soient, ou comment tu voudrais qu'elles soient. Ni l'un ni l'autre. Comme elles *sont*. Tu dois découvrir que le monde ne pense pas à toi, qu'il ne rôde pas en attendant de pouvoir te faire mal, même s'il y a beaucoup de gens, surtout des enfants, qui pensent ça et qui ont peur. Le monde n'essaye pas non plus de te faire plaisir. Il y a beaucoup de choses dans le monde qui te mordront.

— Les fourmis ! s'écria-t-il en parlant d'expérience.

— Et les abeilles, les serpents, les araignées, les poissons, beaucoup de choses. Mais ce que tu dois apprendre, dit-elle, très sérieuse, c'est qu'elles ne le font pas par choix, elles ne le font pas pour te faire mal. C'est leur seule possibilité, c'est parce que leur nature est très simple. Elles sont là. Elles suivent leur chemin, et parfois elles croisent le tien, alors elles peuvent te blesser. Mais pas par méchanceté, pas volontairement. Il n'y a que les gens qui font le mal volontairement. » Son visage s'apaisa, méditatif. « Et quand les gens n'ont plus qu'une seule possibilité, c'est pour faire du mal ou ne jamais en faire, c'est l'un ou l'autre. Le moment viendra où tu devras choisir… Mais c'est trop compliqué pour le moment, s'exclama-t-elle, en le voyant tout à coup, si jeune. Ce que tu dois te rappeler, c'est qu'il faut affronter les choses comme elles sont, ne pas te mentir à leur sujet, ne pas te raconter d'histoires. Jamais. »

Elle lui sourit soudain, très gaie, puis, comme il était trop petit pour nager si loin, elle lui dit de s'accrocher à la chambre à air gonflée qui lui servait à se soutenir au-dessus de l'eau, et elle le remorqua jusqu'au radeau, un grand carré de bois qui bougeait avec la marée, une sorte d'île détrempée, rendu gris par les intempéries et vert par le sel qui rouillait sur les boulons. Ils grimpèrent sur cette surface grossière et pleine d'échardes, et s'étendirent sur le vieux bois gonflé d'eau pour regarder la rivière et prendre le soleil…

« Tiens le pot de colle », lui ordonna son père, et il revint brusquement à l'atelier suffocant, au bourdonnement des mouches et à l'odeur de la sciure. « Prends-le dans un chiffon. Ne te brûle pas les mains. Très bien. Maintenant, voyons si tu peux le tenir droit sans en renverser. »

Richard enveloppa le pot dans un épais chiffon et le tint tout contre son père, en se concentrant pour rester droit ; ses narines étaient pleines de l'odeur âcre et nauséeuse de la colle chaude, alors que son père plongeait une mince baguette dans la masse brune. Il tenait le pot très droit, très fermement, et même quand la colle adhéra à la baguette et tenta de tirer en sens inverse, il ne laissa pas pencher le pot.

À cause de la chaleur, le dîner fut servi sous le porche. Il était tard parce que Maman avait dû prendre le temps de préparer la tarte, et s'était ainsi attiré le mécontentement de Papa. Il y avait un rôti de bœuf, avec une belle croûte marron sur le dessus, mais avec du jus rouge au milieu quand le couteau le découpait, et plein de sauce pour la purée. Très vite, l'agacement de son père se dissipa en mangeant, comme toujours. Soudain, il se mit à parler, à parler de Richard, à faire son éloge.

« Il s'est très bien tenu, ce petit garnement. Il est moins bête qu'il en a l'air quand il court comme un fou. Il a tenu le pot de colle sans bouger d'un poil, et pourtant il était lourd et il était chaud, ce pot. »

C'était grisant, c'était trop enivrant, cette élévation brusque à une approbation qu'il n'avait encore jamais goûtée. Richard se mit à souffler intérieurement. Il avait envie de se rengorger. Il avait envie de hurler. Et pendant tout ce temps, les yeux de son père restaient fixés sur son visage avec une approbation très nette.

« Il va peut-être finir par devenir aussi malin que son père, dit papa en riant, heureux de ce qu'il décelait en lui. Il faut lui donner un peu de temps. Mais on en fera quelque chose, de mon petit garçon. »

Richard ne se contenait plus. Il se sentait incroyablement fort et intelligent. Il avait envie de jubiler, comme son père. Il y avait en lui quelque chose que son père aimait, après tout, qu'il aimait et dont il était fier. Il se sentait plein d'une vigueur farouche, comme s'il avait été capable de faire n'importe quoi, il brûlait de vanité, l'admiration qu'il voyait sur le visage de son père faisait bondir en lui les chevaux fougueux de son orgueil. Il fallait lui donner un peu de temps et il apprendrait lui aussi à « cracher le morceau ». Il leur montrerait, à tous, de quoi il était capable.

Quand la tarte aux cerises arriva, son père la goûta pour prononcer son verdict. « Un peu trop sucrée à mon goût, trancha-t-il. J'aime la tarte aux cerises un peu acide, qui a vraiment du goût. Cette fois-ci, je crois qu'elle n'a pas vraiment réussi son coup. Qu'est-ce que tu en dis, fiston ? » Il se tourna vers Richard, souriant jusqu'aux oreilles, prêt à accueillir son opinion, ce sourire les soudant dans leur complicité. La fierté et la force de l'homme s'emparaient du petit garçon, lui conféraient une stature terrible, faisaient sa conquête par le lien de leur masculinité commune. La griserie inhabituelle de l'enfant éclata soudain, il se mit à rire, ivre de puissance.

« C'est ça, les bonnes femmes, dit-il. On ne peut pas leur demander d'avoir de la jugeote. »

Son père gloussa de plaisir et passa la main sous la table pour lui donner une claque sur le genou. Et Richard leva la tête, regarda sa mère droit dans les yeux, larges, sombres et étonnés. Elle l'observait. Pendant une fraction de seconde, son visage eut l'air pétrifié, sa bouche se crispa, mais elle se ressaisit et produisit un petit sourire tendu. Puis elle fit un geste qu'il avait déjà remarqué auparavant, quand son père se moquait d'elle : elle rejeta la tête en arrière comme un jeune animal, comme un poney, comme lorsqu'elle émergeait de la rivière, quand elle enlevait son bonnet et secouait ses cheveux pour libérer sa tête serrée sous l'eau. Elle adressa à Richard un sourire éclatant, sans pardon ni reproche. Elle était redevenue elle-même, elle l'aimait, elle regardait simplement ce qu'il était en train de devenir.

Mais pour Richard, ce fut comme s'il l'avait frappée. Elle était là, le visage courageux et radieux, toute seule désormais, trahie dans son amour pour lui. Si elle s'était retournée contre lui, furieuse, pleine d'un courroux honorable et du désir de le punir, il l'aurait accepté. Il se sentait complètement vide, et ses propos horribles résonnaient dans ses oreilles. Pourtant, elle s'était bornée à redresser la tête et à lui sourire. Il jeta sa serviette sur la table et, en marmonnant « excusez-moi », il fila hors de la pièce.

« Eh ! le héla son père, tu ne veux pas de tarte ?

— Non, merci, réussit-il à articuler. J'ai assez mangé. » Et désespéré, il descendit en courant les marches du porche et s'élança à travers la pelouse. Ses pieds se soulevaient d'un pas monotone, comme s'ils avaient été lestés, martelant l'herbe au rythme de plomb de son angoisse.

Il était assis sur une racine noire et tordue, au bord de la rivière, les yeux dans le vague, entouré par un mince réseau de branches de saules qui déployaient un voile transparent de feuillage vert et argent entre lui et le ciel aveuglant. En lui, le tourbillon terrifiant des ténèbres s'enflait : il ne fondait pas sur lui de l'extérieur, ainsi qu'il l'avait toujours imaginé, mais il montait en lui comme des fumées brunes, maléfiques, étouffant son cœur comprimé. Non, cette horreur brune ne menaçait pas de l'extérieur, murmurant dans les recoins, non, elle montait en lui, comme les miasmes écœurants du mal possible, du mal accompli. La répulsion que lui inspirait ce pouvoir qu'il s'était arrogé et dont il avait si aisément abusé laissait sur sa langue un goût métallique, l'acte qu'il avait commis bouillonnait en lui comme un nuage, le coupant pour jamais du soleil et des heures agréables, de tout bonheur futur. Il aurait tant voulu revenir en arrière, revivre l'heure qui venait de s'écouler, la modifier, l'effacer, mais elle était là, implacable, révolue, irréparable : l'acte insupportable, coupable, restait là entre sa vie et lui.

Il avait l'impression d'être assis là depuis deux heures, le dégoût était noir et lourd en lui, le rouge de la honte s'infiltrait dans sa chair. Et rien ne changeait, il n'y avait aucune issue. Il se mit à les détester, ces parents qui le tiraient à hue et à dia. Son amertume changeait son désarroi en ressentiment, en blâme. Il voulait maintenant les blesser, leur faire mal, les punir, et ensuite s'enfuir, très loin, leur échapper, ne plus rien sentir, ne plus rien être, ne plus rien être du tout...

Alors son père serait choqué et, pour une fois dans sa vie, il aurait honte, parce que c'était en fait entièrement sa faute à lui ; il le saurait et il devrait payer. La raison pour laquelle Richard avait fait ce qu'il avait fait, c'était qu'il avait voulu plaire à son père. Son père avait voulu qu'il fasse cela. Et son père devrait affronter ce qu'il avait fait, alors ; et il gémirait, il pleurerait même. Et sa mère verrait alors qu'il n'avait pas voulu lui faire de mal, elle saurait combien il l'aimait parce qu'il n'avait pas pu supporter son acte. Il contemplait l'eau, la résolution s'affermissant en lui, terrifiante.

Au loin flottait le radeau amarré, gris, détrempé, très large, sa surface mouillée scintillant sous une mince couche de soleil nuageux.

Il enleva ses chaussures et ses chaussettes sur les galets, puis laissa son pantalon du dimanche glisser jusqu'à ses chevilles, et se glissa hors de sa chemise. Il plia soigneusement les vêtements, comme selon un rituel, et posa le petit paquet sur la racine du saule.

Après l'air chaud, la rivière était froide, et les vaguelettes glissaient sur son corps comme pour lui rappeler tous les étés qu'il avait connus, tandis qu'il s'éloignait de la berge en pataugeant, les muscles noués, le souffle rapide et court. Il fut surpris d'atteindre le radeau aussi vite, mais tout se déroulait trop vite, comme dans un rêve. Il saisit le vieux bois velu à deux mains, respira trois fois comme lorsqu'il voulait mettre la tête sous l'eau, puis s'enfonça sous le radeau.

L'eau était à la fois vert sombre et claire comme du cristal, non pas épaisse et brumeuse comme à la surface. Il nagea vigoureusement vers l'obscurité. Des algues noires et gluantes qui pendaient sous le radeau lui chatouillèrent le dos, et ses épaules se cognèrent au vieux bois. Il atteignit ce qui devait être le centre du radeau et il leva la main, s'accrochant un instant à cet étrange monde caché du soleil. Sa résolution était intacte, forte et amère, mais les poignards de l'angoisse ne pénétraient plus dans son cœur ; il n'y avait plus qu'une blessure profonde, comme un bleu. Il tenta de contempler l'idée de la noyade, mais ses yeux voyaient toujours l'eau, brillante comme du verre, et toutes les ombres mouvantes autour de lui. Il n'arrivait à penser à rien.

Un groupe de minuscules épinoches passa près de lui, tournoyant pour s'écarter de son corps, puis il vit les gros poissons, qui ne nageaient pas, qui se matérialisaient simplement dans leur propre élément : deux grands, dont les écailles luisantes étaient d'un vert pâle dans la lumière sous-marine. Ils ne bougeaient pas, ils étaient suspendus mais vivants, ils le voyaient de leurs yeux entourés de cristal, qui ne clignaient jamais. Pendant une seconde, Richard songea qu'ils attendaient que son corps soit ramolli par la mort, prêt à être mangé, mais cette pensée ne le troubla pas et s'évanouit aussitôt. Ils étaient là, leur forme était belle, si ferme, brillante et froide ; instantanément, le temps s'anéantit, et avec lui la sottise de la colère, de l'indignation et de la honte. Ils étaient là, en suspens, presque assez près pour qu'il les touche, ces poissons brillants, mouchetés, zébrés, avec leurs nageoires duveteuses, les yeux clairs, comme des bulles, par lesquels leur vie le regardait. Rapidement, non pas avec le caractère délibéré des choses qui se déplacent dans le temps, mais à la vitesse de la pensée, les eaux gonflèrent, devinrent immenses, devinrent l'ensemble des eaux qu'il avait connues ou dont il avait rêvé, toutes les eaux depuis la nuit des temps, tous les océans noirs et sonores au goût salé qui tendaient vers lui de longs doigts dans la marée saumâtre, toutes les eaux douces, les rivières et les cascades écumeuses, et les petits étangs stagnants, verts d'écume et hantés par les insectes. À travers ces eaux, à jamais paisibles, immuables, disparaissant et réapparaissant, évoluaient les poissons froids et pâles, sans hâte, affamés, vivants, à jamais eux-mêmes et indéchiffrables, depuis la première forme de vie dans les premières eaux.

Les deux formes métalliques et froides suspendues devant lui se déplacèrent légèrement, et il vit à nouveau à quel point elles étaient vivantes. À présent, mystérieusement, de longs rubans de joie, comme des rayons verts et frais, allaient des poissons jusqu'à lui et de lui jusqu'aux poissons, illuminant toutes les eaux. Il fut ébranlé par ce miracle et cette irremplaçable richesse, il aurait pu crier. Comme il savait qu'il devait fermer les yeux pour effacer momentanément la tension de la beauté et du bonheur insupportable, les poissons partirent tout à coup, ensemble, scintillèrent brièvement dans l'obscurité puis disparurent, le laissant éperdu et tremblant, toujours suspendu dans cette verdure liquide, avec toute la terrible gloire du monde et de ses vastes eaux qui mettait dans sa bouche un goût puissant et doux. Puis, parce qu'un rire vigoureux et noble le remplit, il expulsa un souffle et il sut qu'il n'y avait plus d'air à inspirer. Il était à mi-chemin sous le radeau, ses poumons lui faisaient mal, sa poitrine était comprimée par une main énorme.

Il se déplaça, motivé non par la peur mais seulement par une endurance furieuse, et il se mit à tâtonner vers la lumière. Il retiendrait sa respiration pendant une brasse encore, puis une autre, pendant que les petites bulles glissaient impitoyablement entre ses lèvres, alors que ses côtes se creusaient, que sa tête martelait et que sa gorge était torturée par la douleur. Il ne pouvait plus le supporter, encore une brasse, encore une… Et il y eut de l'air dans ses poumons, si brutalement qu'ils en furent endoloris, et le vieux bois gris du radeau lui racla la joue.

Il resta là un long moment, se tenant par un bras aux vieilles planches détrempées, ses poumons se remplissant encore de l'air humide de la rivière. Il regarda à travers l'étendue luisante du cours d'eau, vers les saules argentés, tranquilles et intacts, et sur la plage il vit sa mère, vêtue de son maillot de bain rouge fané, venue le rejoindre. De si loin qu'il était, il voyait que son attitude, que son corps n'était pas ce qu'il avait craint, ce qu'il s'était représenté, n'était pas touché par la tragédie, en attente d'expiation, n'était pas assombri et tordu par le chagrin ; dans ces mouvements aisés, il n'y avait ni déception ni courage forcé. Elle était là, tout simplement, par cet après-midi de canicule, elle entrait dans l'eau, elle baissait les bras pour toucher des deux mains la fraîcheur de la rivière.

Titre original : *The Pale Green Fishes.*
Publié en 1953 dans la revue *Woman's Day*,
puis en 1954 dans *The Best American Short Stories*.

Remords

Ce matin-là, les oiseaux gazouillaient tout près de la maison, dans le pommier décharné; et un ruban de lumière longeait l'horizon à l'est. Chez Purdy, le bosquet de pins formait un halo noir contre le soleil levant. David était assis sur le bord de son lit, sa peau tendue par la surprise et la fraîcheur du matin. Il se pencha vers la fenêtre ouverte, croisant le pouce et l'index des deux mains, et offrit ce signe cabalistique à l'aurore. Un petit garçon bronzé dont la tête ronde se hérissait de cheveux blonds en brosse, un regard candide et solennel dans un visage où l'approche de l'adolescence faisait pousser le nez, rendait la mâchoire plus carrée, mais qui gardait encore les arrondis inachevés de l'enfance. Son visage était crispé par la nécessité, par l'effort de maîtriser le monde matinal, dont le renouvellement quotidien était bien précaire. Sentant l'intégrité de son corps amolli par le sommeil et le battement chaud de son cœur, il s'assit au centre des choses et ordonna au soleil de se lever.

Lentement, très bas, entre le toit d'une grange et les fers de lance des pins, la lumière s'intensifia et il se mit à la hisser, de toute la force de sa volonté, de tout le pouvoir de ses doigts croisés, en jeune pêcheur de lumière halant le soleil, inquiet de voir ses facultés lui faire défaut, mais concentrant son esprit jusqu'à ce qu'un rai éclatant apparaisse et s'incurve, jusqu'à ce que les fanions blanc-bleu de lumière se déploient à travers les champs assoupis, par-dessus les brumes des terres encaissées, et atteignent le mur latéral de la maison ainsi que le visage et les mains du petit garçon.

David se détendit. De la basse-cour, le cri d'un coq trancha le silence du matin, sa musique perçante exprimant la stupéfaction. Dans la prairie située en contrebas, le brouillard se déplaça légèrement et de petits rouleaux de vapeur se soulevèrent sur sa bordure.

L'enfant se leva du lit et continua son rite, calme mais strict, comme mû par une compulsion atavique. Il écarta les doigts et offrit un profond salut à l'orient éclatant, où le soleil, détaché de la ligne d'horizon, palpitait de lumière comme une pièce d'argent sur le ciel pâle. «Moi, roi de la forêt, je te servirai toujours…», dit-il dans un souffle avant de se redresser. «Ô lumière», répétait-il en dévisageant le disque en pleine expansion. Il sentit la blancheur affluer en lui, il sentit sa vague chaleur, sans rien se rappeler de ce qu'on lui avait appris sur cette étendue ardente en perpétuelle explosion. Il brûlait vers le soleil, il lui rendait vie pour vie, il le regardait en face, ses yeux éblouis vacillaient, les pièces blanches se multipliaient, s'entrechoquaient, se brisaient en contours diffus et aveuglants. Ses yeux se remplirent lentement d'humidité. Il secoua la tête, cligna, et vit de petites pièces rouges et vertes danser dans les airs, sur son oreiller et sur le drap froissé ; une rafale d'air froid arrivée par la fenêtre lui caressa la peau. Il serra les yeux. Les pièces dansaient sous ses paupières. Il rouvrit les yeux et regarda de nouveau l'orient, mais le miracle s'était accompli. Le soleil était suspendu en plein ciel, à sa distance habituelle, et le petit garçon sentait son pouvoir lui échapper. Il fit une nouvelle révérence, mais cette fois sans conviction. Il entendit claquer la porte de la véranda, le tintement des bouteilles de lait, la voix de son père et celle de Mr. Willetts, le nouvel employé, puis leurs pas sur le gravier.

Des murs vinrent encercler le jeune adorateur ; l'épanchement de lumière se déroulait selon une routine immuable, celle des premières heures d'une journée d'école. À l'horizon de ce jour, un nuage noir de dégoût commençait à se former, et il se souvint de Mr. Pross. « Ce vieux cochon sournois », se dit-il, mais à un degré plus profond de sa conscience, une haine plus primitive s'agitait. Mr. Pross ne se laissait pas refouler dans l'énigme inconfortable mais lointaine du monde des adultes ; il revenait hanter le monde de l'enfance, il fouillait, fouinait, sondait, étalait tout au grand jour. « Je vous déteste », dit David tout haut, à la face de Mr. Pross, son prof d'histoire, dans l'air frais du matin.

Il trouva des sous-vêtements propres disposés sur le dessus de la commode, il les enfila et passa par-dessus son jean de la veille, blanchi aux genoux mais orné de rivets brillants au coin des poches.

Dans la cuisine, sa mère allait de l'évier à la table en passant par le fourneau fumant, avec une furie joyeuse. C'était une femme petite, qui accomplissait d'étonnants exploits en matière de cuisine, de couture, de jardinage, mais qui avait l'art de semer le désordre sur son passage. Son petit corps nerveux s'élançait à travers le pêle-mêle de la pièce, lavant, versant, empilant. Elle souleva le couvercle du vieux poêle et jeta une branche de chêne en gourmandant le feu : « C'est qu'il me mordrait ! Sale bête ! » Elle laissa bruyamment retomber le couvercle et fit disparaître les flammes, comme pour se venger. Elle aperçut David.

« Il t'en a fallu, un temps ! Tu as dû d'abord laver le sommeil de tes yeux ? Dépêche-toi, mets-toi là-bas et mange. Je ne vais pas laisser ton petit déjeuner sur le feu toute la journée. Tu as mis les sous-vêtements propres que je t'avais sortis ? » Quand David passa près d'elle, elle s'empara d'un de ses bras brunis, l'étreignit rapidement et embrassa le sommet de son crâne. Ses bras le serrèrent contre son corps maigre puis le repoussèrent. « Allez, va manger. »

Assise dans sa chaise haute, la petite Pris déposait solennellement des cuillerées de porridge sur le plateau en bois, tandis que Sammy raclait déjà le bord de son bol à céréales, une serviette ruisselante de lait nouée autour du cou. La porte s'ouvrit et le père entra, sans voir personne de ses yeux aimables. Avec un sourire bienveillant, il se fraya un chemin à travers la pièce, contourna les jouets de Sammy et évita de marcher sur le chat noir blotti près du poêle. Il mangea distraitement, tout en feuilletant un livre posé à côté de son assiette. La mère remplissait la cuisine de sa colère face à ce mari si distrait, et elle faisait furieusement claquer ses casseroles dans l'évier. À un moment, l'homme prit conscience de sa rage et la suivit des yeux, d'un air grave ; il se souvint que, la nuit, elle sombrait dans le sommeil en marmonnant, en tressaillant, comme si elle se noyait, avant de s'abandonner comme si elle s'enfonçait dans des eaux sans fond. Il reprit sa lecture.

David saupoudra de sucre son bol de porridge, dont les crêtes montagneuses se couvrirent de neige granuleuse et dont les basses terres s'inondèrent d'une mer de lait. Le plaisir que lui procurait ce paysage miniature fut amoindri par la fureur maternelle qui cherchait à être reconnue et par la résistance patiente de son père, un rien trop molle pour être insultante. La maison était parcourue par d'innombrables petits ouragans d'amour, de colère et de réserve, les enfants étaient secoués et perturbés par cette tension incessante, ils devenaient irritables, mais, sans ce climat, ils se seraient sentis vides, perdus.

Tout à coup, un vacarme retentit sous le plancher de la cuisine. La mère leva les deux mains et saisit ses cheveux bruns à pleines poignées, pour souligner son exaspération.

« Il va falloir faire quelque chose, s'écria-t-elle. Il va falloir faire quelque chose. Écoute ça, Leonard ; c'est encore les marmottes. Je ne vois pas pourquoi cette maison doit être attaquée par tout l'univers. Je ne vois vraiment pas pourquoi. Évidemment, si tu essayais de faire quelque chose… Je suis sûre qu'elles sont en train de grignoter les fondations, et un de ces jours tout un côté de la maison va s'effondrer. » Incontestablement, alors qu'elle parlait, on entendait monter du sol un lent grincement qui évoquait des dents d'animal rongeant le bois.

L'homme regarda le plancher d'un air intrigué. « Comme il n'y a pas de cave de ce côté-ci, c'est difficile de les attraper, dit-il un peu penaud. Elles vont sûrement partir dès que leurs petits seront grands. Hier, j'en ai vu une sur la pelouse avec trois ou quatre jeunes. Ils commencent à être de belle taille.

— Avec toi, on serait attaqués par des éléphants, ce serait le même prix, lança sa femme d'un air pincé mais un peu hors de propos. Ça ne te suffit pas, la baignoire qui fuit et le fil du téléphone qui est coupé ? Tu t'en es occupé ?

— Ils sont six, les petits de la marmotte, corrigea David.

— Ils vont s'en aller, répéta l'homme en promenant ses doigts sur sa mâchoire glabre et bronzée. De toute façon, je dois aller chercher le vétérinaire, ce matin. Il y a une vache qui m'a l'air un peu enflée. Je vais devoir prendre la voiture… » Sa voix s'évanouit, fuyant la discussion et l'insistance de sa femme. Il laissa son regard dériver de nouveau vers la prose limpide d'Emerson, et son visage s'illumina.

Ce geste poussa la mère à des extrêmes dangereux. Ses yeux noisette noircirent et elle s'approcha de son mari pour se camper devant lui, les mains sur les hanches : elle lui signala qu'en prenant quelques minutes pour réparer le fil du téléphone, qui n'était coupé qu'à un mètre ou deux de la maison, au pied de l'érable, il économiserait le prix de l'essence et il pourrait téléphoner au vétérinaire au lieu d'aller le chercher Dieu sait où, à travers tout le pays, sans que l'ouvrage se fasse ce matin-là. Tout en grondant, elle vacillait au vent de sa colère et de son impuissance, comme un marin sur le pont d'un navire qui tangue, les pieds bien écartés, son visage mince tendu par la terreur du naufrage et par les vagues dévorantes de la pauvreté, son tablier multicolore noué autour de la taille, comme le drapeau fané de son courage et de sa crainte. Elle exigeait de savoir combien ils devaient déjà au vétérinaire et comment il croyait pouvoir un jour régler la facture.

Son mari sortit assez longtemps du livre pour lui rappeler avec une délicatesse meurtrie qu'ils lui devaient moins que le prix d'une bonne vache.

Eh bien, était-il impossible d'attendre quelques heures pour voir si la vache avait *vraiment* un problème ? Mais c'était peine perdue ; elle le savait, elle le savait fort bien. Il cherchait simplement une excuse pour monter dans cette voiture et aller parcourir le pays comme l'éternel adolescent qu'il était, en oubliant tout et en lui laissant tout à faire. Elle n'avait plus que les yeux pour pleurer (elle se tordit les mains et son visage fut déformé par la douleur), elle savait qu'il ne comprendrait jamais ce qui était *important*, qu'il avait toujours envie de faire des choses complètement inutiles...

Son mari lui rappela qu'il était un garçon de la ville et qu'il lui fallait apprendre tout cela.

Et ça allait lui prendre combien de temps ? voulut-elle savoir. Ça faisait déjà cinq ans, non ? Elle aurait voulu qu'il lui dise ce qu'ils faisaient dans une ferme, de toute façon. Mais qu'est-ce donc qu'ils faisaient là, enfin ? L'homme pensait qu'ils étaient venus à la campagne chercher la tranquillité ; du moins, c'était l'idée de départ. Là, les larmes se mirent à brûler les yeux de sa femme, piqués par le reproche, et elle s'enfuit de la pièce, n'interrompant sa fuite que pour vérifier le réglage de la flamme dans le poêle.

David sentait à peine le goût du porridge tant il se trouvait malheureux, et la petite Pris commença à brailler dans sa chaise haute. Le père se tourna vers elle et détacha le bavoir de son cou grassouillet, s'en servit pour lui essuyer la bouche, puis la déposa doucement à terre. Le bébé éclata de rire et l'homme la regarda avec un plaisir émerveillé, comme s'il n'arrivait pas à croire que cette petite fille était vraie. L'enfant posa fermement son petit derrière sur le plancher, ramassa sa poupée et se mit à jouer avec le visage de celle-ci.

Le bus scolaire passait à un kilomètre et demi de chez eux. Le petit garçon avançait péniblement sur la route, à contrecœur, encore blessé par l'affrontement lors du petit déjeuner, et ses épaules commençaient à sentir la chaleur du soleil. Après tout, la matinée n'avait pas été si mauvaise. Il n'avait pas été obligé de se lever tôt pour aller traire les vaches, parce que maintenant ils avaient Mr. Willetts, qui avait l'air aussi sec et hirsute qu'un épi d'orge et qui s'occuperait de la traite pendant un moment, jusqu'à ce qu'il parte comme étaient partis tous leurs employés. David savait que Mr. Willetts ne valait pas grand-chose, que son père oublierait de le payer, oublierait peu à peu de lui donner des instructions, que l'homme deviendrait oisif et chipoteur, jusqu'à ce que David lui-même comprenne que ça ne marchait pas, que plus rien ne se faisait, et qu'il devait se remettre au travail. Il y aurait pourtant une brève période de liberté ; David redressa le dos, se mit à marcher plus vite, ses narines saisirent la fraîcheur sucrée du chèvrefeuille sur le bord de la route. Il traversa un pan de lumière mouchetée où les noyers tendres projetaient leurs longues ombres matinales sur la poussière du chemin.

David avait demandé à son père de le conduire jusqu'à l'arrêt de bus, mais son père s'était montré réticent : il n'était pas encore prêt à partir, il fallait qu'il explique le travail à Mr. Willetts. La mère était revenue vidée de sa colère et s'était empressée de préparer une pile de sandwichs dont elle avait garni la gamelle de David ; il y avait eu un moment d'affairement chaleureux et bruyant, dans le soleil pâle et l'odeur de feu de bois que dégageait le vieux poêle endormi, avant que le petit garçon lance un brusque au revoir et ouvre la porte sur le silence du monde s'éveillant.

Maintenant, il était content de marcher, alors qu'au bord du chemin la rosée humectait encore l'herbe, les phléoles des prés et les lourdes fétuques, dans cette odeur extraordinaire de petit matin qui disparaîtrait à mesure que monterait le soleil. Une brise agitait le bosquet de sumacs et faisait trembler les touffes de feuilles satinées des noyers. Le cœur du petit garçon galopait de joie. Ses souvenirs prenaient une acuité nouvelle, des centaines d'autres matinées où il avait marché comme il marchait à présent lui revenaient et s'imposaient à son esprit, des matinées humides de verdure printanière, desséchées par la chaleur d'août, ou craquantes de feuilles rouge et or mourant à l'automne. Il songea que, non seulement dans cette vie mais dans bien d'autres, il avait cheminé dans la rosée du matin et connu le contact de la terre. Il retint sa respiration et vit dans le sumac une toile d'araignée qui brillait de feux bleus et blancs.

Il repensa aux vers qu'il avait entendu son père lire hier matin à table. Le petit déjeuner avait été calme et agréable parce que Mr. Willetts venait d'arriver et que la situation semblait s'arranger :

Si le rouge assassin sait bien qu'il assassine,
Ou si l'assassiné se sait assassiné,
Ils ignorent le… quelque chose (un mot lui échap-[pait) *que j'imagine,*
Que je parcours, inaperçu, insoupçonné.

David avait trouvé ces vers très beaux mais pas très clairs lorsqu'il les avait entendus pour la première fois, mais à présent, par cette matinée trempée de rosée, les mots murmuraient curieusement à son oreille, riches de sous-entendus.

Son père avait expliqué le sens du poème : la vie était comme une grande roue qui tournait sans avancer, sans changer de place. David s'était rappelé avoir vu un jour, dans une lumière fluorescente, un rouet qui, à ses yeux, semblait immobile. Il distinguait le moindre détail, tout était fixe, mais ses oreilles entendaient le gémissement aigu, il voyait tourner la large courroie de cuir. Il avait essayé de comprendre le rapport qu'il y avait entre cette roue et la vie, mais il n'y était pas arrivé.

Il eut à présent l'intuition du grand cycle tournoyant du soleil et des saisons, et cette heure d'éveil du jour qui se renouvelait perpétuellement : les herbes mouillées, la brise, le vaste ciel pâle. À travers la longue étendue du passé, cette heure s'était répétée ; même ce lourdaud surgi de la nuit des temps, l'homme de Neandertal, avec son front velu et ses petits yeux de singe, s'était arrêté pour contempler la lumière naissante.

Il reprit sa marche en regardant la brume se lever. Un butor sortit précipitamment des herbes qui se trouvaient devant lui sur la droite, le vit et partit en se dandinant gauchement vers le haut de la route. Le sol était marécageux et le butor s'enfonça dans une touffe de joncs. Ce grand oiseau maladroit avait disparu si habilement que David, qui l'avait pourtant observé, dut s'immobiliser un instant en scrutant les roseaux avant de pouvoir le repérer. Le volatile avait le corps rayé d'un jaune un peu différent de celui des herbes du marais, le cou mince et rigide, un jonc parmi les joncs. Lorsque David finit par trouver sa cachette, il cria et balança en l'air sa gamelle. Comme l'oiseau ne bougeait pas, l'enfant repartit sur la route en bondissant, pris d'une frénésie exubérante de passion musculaire.

Au bout du chemin, sur la route goudronnée, Ronny Purdy attendait, portant un jean tellement neuf qu'il était raide, cassant. David posa son casse-croûte à terre et courut lui marteler la poitrine de coups de poing ; les deux garçons se battirent vaillamment sur l'herbe. Ils se relevèrent et, sans grande efficacité, brossèrent leurs genoux et leur fond de culotte.

« Aujourd'hui, je n'ai pas dû traire, dit David.

— Moi, j'ai trait cinq vaches », dit fièrement Ronny. Ils gardèrent le silence, debout à côté de leur gamelle, à regarder trois corbeaux tournoyer et croasser au-dessus du champ de blé vert et ondoyant des Purdy.

Le cours d'histoire avait lieu à une heure, mais Mr. Pross les fit attendre. Assis à leurs places, les élèves étaient crispés et moroses car le vieux Prossy avait l'habitude de se tapir derrière la porte pour prendre sur le fait tout fanfaron enhardi par l'absence des autorités. Patsy Fleming, fille de l'industriel local, la seule à se savoir à l'abri de la menace générale, avait le coude sur le pupitre de derrière et agitait élégamment ses boucles brunes en murmurant des confidences aux nattes de Jane, sa meilleure amie, qui se penchait vers elle et gloussait, illuminée par l'aura de ce privilège.

Devant David trônait la grosse Angie, la malheureuse Angelique Sotello, nouvelle venue dans la communauté. Elle appartenait au groupe d'Antillais qui avaient été « importés » l'année précédente pour travailler dans les grands vergers du haut de la vallée et qui vivaient dans une sorte de camp gitan, mélange de caravanes et de baraquements, dans les bois, derrière la station-service de Schwartz et l'ancienne barrière. La fillette parlait un anglais hésitant, elle était plus âgée et plus grande que les autres enfants, qui ne l'aimaient ni ne l'acceptaient. Jour après jour, elle restait craintive en son obésité, étrangère, bête et laide, avec ses yeux noirs et tristes pour seule beauté dans son visage gras et mou. Dans l'ensemble, les gens de la vallée étaient hostiles aux Portoricains, et les intrus se tenaient à l'écart : les femmes ne se montraient jamais hors du campement, les hommes s'assemblaient le samedi soir, en petits groupes, sur la place de la ville. De petits dandys rieurs au regard brillant, inquiétant.

Le dos informe d'Angie était vêtu d'un pull rouge vif, sale, déchiré près de l'encolure, laissant voir un ovale de peau foncée. Ses cheveux noirs emmêlés étaient gris de poux sur le cuir chevelu. David s'éloigna de la contamination et se retourna vers Patsy, sa robe écossaise verte et bleue, son col blanc amidonné, la grâce de son joli coude et son jeune profil arrogant. Il avait été amoureux d'elle l'année dernière et il aurait bien voulu qu'elle le regarde.

La porte s'ouvrit sans bruit et Mr. Pross apparut, inspectant la pièce. Personne ne bougea à part Patsy qui, sans se presser, ôta lentement son coude du pupitre de sa camarade et s'installa sur son siège, en adressant à Mr. Pross un bref sourire flatteur. Mr. Pross se dirigea vers son bureau sans les quitter des yeux. C'était un petit homme à la bouche féminine, dédaigneuse, et aux yeux globuleux dont l'intensité était excessive et dont les profondeurs cachaient un amusement secret et méchant. Il passa la main au sommet de son crâne pour lisser les cheveux minces qu'il plaquait par-dessus sa calvitie, puis il se mit à faire l'appel. Il traînait sur certains noms, comme s'il partageait avec le reste de la classe des sarcasmes à peine dissimulés à l'égard de ces noms néerlandais absurdes : Stoops, Gobrecht, Klinedinst. Le pire était qu'il exerçait sur eux une sorte d'attraction fatale, que même la haine ne pouvait exorciser ; lorsqu'il fixait sur eux son étrange regard clair, ils souriaient jusqu'aux oreilles, d'un air coupable, sans se voir les uns les autres.

Il leur apprenait l'histoire d'une manière sévère, pointilleuse, et David avait découvert qu'il ne leur en disait guère plus que ce qui figurait dans leur manuel. Il insistait pour que le texte soit régurgité avec exactitude, en accentuant fortement les dates, qu'il savait être leur point faible.

Dans le cœur de cet homme devaient s'envenimer des rancœurs quant à la médiocrité de ses propres talents, le mauvais tour que la vie lui avait joué en faisant de lui un être petit, méprisable et sans grâce. Son épouse était une grosse femme compétente et terne, qui lui découpait toutes ses journées selon une organisation immuable : repas, réunions, visites de quinze minutes chez des bons croyants, lecture du journal, coucher. Le professeur sortait de chez lui tous les matins à huit heures et rentrait tous les soirs à cinq heures précises. Son unique succès avait été sa nomination au poste de diacre de la petite Église revivaliste, et même là, il devait en déférer aux personnalités éminentes de la communauté. Sa vie était sans joies et se déroulait comme celle des gens qui l'entouraient : médiocre, cancanière, prudente mais dépourvue de satisfactions. La promesse n'avait pas été tenue, il était victime d'une tricherie de l'existence. Atteint de déception chronique, il trouvait dans l'impuissance des enfants placés sous son autorité le moyen d'exhaler son aigreur, de transmettre son amertume. Il choisissait ses mots avec soin : ses propos risquaient d'être répétés. Le venin se situait dans une intonation, une moue, un ricanement, un ridicule sous-entendu. La poussière de craie sur le tableau noir, le patchwork rose, vert, bleu et orange des pays et des mers sur les cartes trop souvent manipulées, qui se déroulaient avec une réticence geignarde, l'odeur de l'encre, des habits trop longtemps portés et des tartines de confiture du midi, toutes ces banalités inévitables formaient l'arène dans laquelle Mr. Pross, jouissant ici seulement du pouvoir et de la supériorité, cherchait à blesser, dans un conflit inégal.

Il avait ses têtes de Turc parmi les élèves. David en était, ayant commis l'erreur, en début d'année, de lever le doigt pour communiquer une information supplémentaire, ce qui revenait à défier à son insu l'autorité de Mr. Pross. On étudiait alors l'homme primitif, et David avait proposé les rudiments qu'il avait glanés en feuilletant *Le Rameau d'or* dans la bibliothèque de son père : certains anthropologues pensaient que la première société humaine était matriarcale. Les femmes détenaient le pouvoir et les rois n'étaient que les époux de la Déesse-Terre, censée être la mère de tout. Chaque année, on tuait les rois à l'époque des plantations et des moissons. Aux yeux des peuples primitifs, il y avait là quelque chose de magique, il fallait tuer un homme pour faire vivre les récoltes.

David avait d'abord pris conscience de la stupeur qui glaçait le regard du professeur. Puis, dans un brusque revirement, l'homme avait émis son petit rire et s'était lancé dans un interrogatoire en règle sur les parents de son élève. Était-il véridique que le père de David était titulaire d'une maîtrise ès lettres ? Rendu téméraire par l'innocence, David avait répondu que sa mère en avait une aussi. Mr. Pross s'était tourné vers la classe et quelque chose d'affreux s'était produit. Il avait commencé par des flagorneries qui s'étaient transformées en sous-entendus : dans une famille si instruite, on devait discuter de choses bien curieuses. David semblait prêt à les informer tous, insinuait la voix perfide, sur bien des questions dont ils auraient continué à ignorer l'existence sans son aide, des choses dont on ne parlait pas dans le manuel. Qu'on avait peut-être délibérément écartées du manuel, puisqu'il y avait dans l'histoire des *faits* auxquels Mr. Pross avait le sentiment que les parents de certains de ces jeunes enfants, en particulier les parents de ces demoiselles (avec un sarcasme), ne désiraient guère que leurs enfants soient exposés. David s'était laissé salir, rouge de honte mais aussi d'indignation, parce qu'une relation avait été bafouée : ce qu'il avait offert en toute honnêteté avait été déformé et perverti.

Les paroles de son professeur, qu'il avait essayé de répéter à sa mère ce soir-là, semblaient inoffensives et même justes, et il ne pouvait aucunement rendre l'humiliation qui lui avait été infligée. « Mais pourquoi devrais-tu être honteux d'avoir des parents instruits, David ? Et de quoi as-tu parlé aux autres enfants ? Du *Rameau d'or* ? Je crains que ce ne soit guère une lecture appropriée au collège. Tu ferais mieux d'essayer de lire autre chose, pour changer. » Elle lui avait claqué une porte au nez et s'était enfermée avec les adultes, dans ce monde privilégié où Mr. Pross pouvait rôder sans entraves, en quête de proies pour sa vengeance sournoise.

Le professeur avait su tirer parti de la situation. Avec son vocabulaire riche, son accent cultivé, le nonconformisme de ses parents, David était soumis à des moqueries, des rires plus ou moins dissimulés. Il avait appris à garder le silence et à rester sur ses gardes dans la classe, faible mais vigilant.

Depuis des mois, le visage de cet homme hantait le sommeil du petit garçon. C'était le sourire de Mr. Pross qui apparaissait sur la tête des tarentules et des guêpes noires dans les rêves d'insectes, où le corps géant des araignées, des moustiques et des abeilles traversait le fragile grillage protégeant les fenêtres de la maison, leur dard vibrant à la perspective de piquer sa chair. Pétrifié, il fuyait sur un traîneau que ne tirait aucune main visible, paralysé, enchaîné, incapable de bouger un bras devant l'assaut des becs et des dents qui grouillaient sur lui, de ces abdomens rayés et pendants, gonflés par les sombres poisons de la nuit.

Il était à présent assis à son pupitre, les pieds lourds dans ses chaussures, les yeux détournés de Mr. Pross, plongeant par tous les moyens son cerveau dans une torpeur sans danger, jusqu'à ce que son regard se laisse peu à peu absorber par l'écheveau noir des cheveux d'Angie, ce fouillis gras dans lequel se cachaient des insectes, comme une toile tissée par une créature aux pattes velues…

« David McLaughlin ! » Mr. Pross était arrivé à lui alors qu'il faisait l'appel et sa voix perçait le havre imaginaire où le petit garçon fuyait cette heure déplaisante.

Peut-être sa réticence à se laisser entraîner dans la laideur de ce cours routinier se consolidait-elle depuis quelque temps en une authentique rébellion ;

peut-être sa rêverie lui prêtait-elle un sentiment de sécurité, d'isolement. Méprisant, David resta dissimulé derrière la crinière d'Angie et marmonna en guise de réponse : « Araignées. »

Dès que ce mot fut sorti de sa bouche, il prit peur, tout en tirant une jubilation farouche de sa propre audace.

Il y eut un silence, un silence qui suivit le choc initial et qui se mit à bourdonner sous le poids de la catastrophe imminente. Mr. Pross était aussi stupéfait que les élèves. Sa bouche resta longtemps tombante, il semblait goûter l'air, comme s'il n'était pas sûr du son que ses oreilles lui avaient apporté. Puis il se mit en marche, se dirigeant avec une lenteur incroyable vers le pupitre de David, le regard fixe, d'un éclat surnaturel. Sans trop savoir ce qu'il faisait, David se leva pour aller à sa rencontre.

L'homme ne faisait aucun bruit. Les yeux anormalement brillants s'accrochèrent à ceux de David et s'approchèrent avec une immobilité qui privait l'enfant de toute sécurité, qui passait à travers les collines venteuses et les vallées ensoleillées, la chaleur domestique de sa vie, et l'exposait à l'appétit d'un loup, à une rage au-delà de l'ordinaire, à une fureur qui avait un goût de démence. Sous ce regard, David se vida de son courage et resta tremblant, vulnérable et sans défense. Y avait-il quoi que ce soit que Mr. Pross n'oserait faire ? Rien. Un élan cauchemardesque propulsa l'esprit du petit garçon dans un univers d'où étaient exclues toutes les amabilités et toutes les convenances du quotidien, sacrifiées pour arrêter la menace envahissante. Il renonça à tous ses remparts.

« Ce sont ses cheveux, dit-il en désignant Angie. Ils sont pleins d'araignées. »

Cette trahison le sauva. Mr. Pross fut décontenancé, il perdit l'avantage de l'assaillant, il n'avait plus rien de redoutable. Les élèves se mirent à ricaner en échangeant des regards ravis. Toujours décidé à punir, mais pris au dépourvu, Mr. Pross se tourna vers la victime sacrificielle qu'on lui offrait. Il se détourna, par frustration, par dépit, épargnant David qui lui échappait momentanément ; alors qu'il parlait et qu'Angelique tremblait, il comprit la faiblesse de sa proie et devint d'autant plus mordant qu'il n'avait jusque-là pas pris conscience de sa vulnérabilité. David ne pouvait donc pas détourner les yeux d'Angelique ? Mr. Pross voyait bien pourquoi, mais il n'irait pas jusqu'à suggérer que même David pouvait la trouver jolie. Les professeurs auraient dû agir depuis longtemps. Cette fille était sale, elle était stupide, c'était une étrangère, une intruse qui exigeait du temps et de l'attention qu'il aurait mieux valu consacrer à de petits Américains. Elle se présentait dans sa crasse ; même un animal, même une chienne aurait été plus propre.

Cette fois, Mr. Pross était allé trop loin. Avec un gémissement de douleur, Angie se traîna hors de l'enceinte de son pupitre et s'enfuit de la classe en pleurant. Aveuglée par les larmes, elle prit la porte de travers ; son postérieur informe fut un instant bloqué puis se dégagea. Comment Mr. Pross aurait-il pu savoir qu'elle n'avait pas de mère, que c'était la seule de ses enfants que son père avait emmenée avec lui, pour protéger sa douceur et sa naïveté ? Comment Mr. Pross aurait-il pu comprendre quoi que ce soit à ses besoins ? Il n'était pas professeur par désir d'instruire ou par amour de sa discipline. Il enseignait parce que l'enseignement était un métier propre, parce que, comme il le répétait à sa femme depuis des années, dès qu'on avait son certificat et sa nomination, on était à l'abri : plus personne ne pouvait vous déloger. C'était l'emploi le plus sûr au monde.

Il ne fut d'ailleurs pas déconcerté par la fuite d'Angie. Il ajusta les revers de sa veste à chevrons et, en lançant un dernier sarcasme à David, réussit à lui faire porter la responsabilité de son agressivité soudaine :

« Pourquoi ne la suivez-vous pas pour lui dire que vous regrettez ce que vous avez dit sur elle ? »

La honte et la colère poussèrent presque David à suivre la fillette. Mais c'était trop demander. Il devait lui faire savoir qu'il était désolé, qu'il ne l'avait pas fait exprès, mais il ne pouvait pas, même si cela aurait été juste. Mr. Pross n'avait pas le droit d'insulter la pauvre Angie, mais c'était David lui-même qui la lui avait offerte en guise de bouc émissaire, qui l'avait présentée à la piqûre de cette guêpe nocturne.

Il aurait pu supporter de s'exposer à la moquerie de ses camarades en la suivant s'il s'était agi de n'importe qui d'autre. Mais la saleté d'Angie le dégoûtait : son odeur, sa crasse, ses bourrelets de graisse lui répugnaient, même s'il avait honte d'être si délicat.

Il s'agita sur son siège, partagé entre la souffrance, l'indignation et la haine de soi-même, jusqu'à ce que la sonnerie le libère. Tandis que les autres élèves sortaient, Patsy lui adressa un regard complice, et David, choqué, découvrit en elle une méchanceté qui reconnaissait ses semblables. À cet instant, il fut pris pour elle d'une haine intense et joyeuse, car en détestant Patsy il n'était plus obligé de penser à la haine qu'il avait pour lui-même. Il aurait voulu simplement mépriser Mr. Pross, mais son esprit fuyait la pensée de sa collaboration criminelle avec Mr. Pross, sa honte et sa vilenie.

À la maison, sa mère ne lui offrit aucun répit. Elle repassait, tâche qui la mettait toujours de mauvaise humeur, elle était fatiguée, elle avait trop chaud. Elle se mit à se plaindre dès que David posa ses livres sur le buffet de la cuisine. Son père était encore en vadrouille, il n'était pas rentré déjeuner, elle ne l'avait pas vu de la journée. Comment était-elle censée se débrouiller ainsi toute seule, alors que les difficultés s'accumulaient ? Elle aurait bien aimé qu'on le lui dise.

David détestait la façon dont elle critiquait son père, mais il n'aimait pas la voir si malheureuse, et il savait que les difficultés s'accumulaient. Il monta dans sa chambre qu'il trouva propre et rangée, le plancher lavé, le lit refait, ses affaires en ordre sur les étagères ; le soin avec lequel elle veillait sur lui le rendit encore plus désemparé.

Il prit dans un coin la 22 long rifle qu'il avait reçue pour son anniversaire. Comme il avait douze ans, il aurait le droit d'aller chasser avec son père quand la saison commencerait, à l'automne prochain, et depuis deux mois que la carabine lui appartenait il s'entraînait avec diligence, avec une boîte de conserve posée sur le mur en ciment de la vieille porcherie en guise de cible. Il tira une boîte de cartouches du tiroir de son bureau et, après avoir soigneusement posé l'arme sur les shingles, il passa par la fenêtre nord de sa chambre pour grimper sur la toiture basse du hangar. Il partit vers l'autre bout du toit, où les marmottes avaient fait leur trou.

Il ouvrit la culasse, admira au soleil le canon luisant, referma la culasse, puis inséra dans le magasin l'unique cartouche que pouvait accueillir l'arme. Il s'assit en silence, laissant pendre ses jambes par-dessus le rebord, et commença à surveiller le repaire des marmottes.

Il les observait depuis des semaines. D'abord, il n'y avait eu que la mère tout enflée, qui avait disparu avant de reparaître toute flasque, et bientôt ses petits, tout velus, l'avaient suivie lors de ses sorties hors du trou. Curieusement, elles ne mangeaient pas la végétation qui entourait l'accès à leur retraite souterraine. Les phléoles et les mauvaises herbes poussaient haut, mais d'étroits sillons menaient aux terrains où la mère broutait la verdure. Elle émergeait toujours la première, pointant le museau comme pour humer le vent et percevoir le danger éventuel ; c'était seulement après être sortie et être restée tapie dans l'herbe comme un bloc de fourrure qu'elle laissait les petits la rejoindre. David avait parfois attendu une heure, assis sur le toit de la cuisine ou scrutant par la fenêtre, avant qu'elle ne s'aventure au-dehors. Elle ne sortait jamais lorsqu'il était dans la prairie.

Le petit garçon n'avait aucune affection pour cette famille de rongeurs timides. Il ne les considérait pas comme des personnalités, au même titre que les animaux de la ferme, mais quelque chose en eux le réjouissait : il accueillait avec plaisir leur isolement, leur inviolabilité, la vie qui s'épanouissait en eux, de même qu'il se réjouissait de la lumière bleue de l'aurore, de la force et de la structure des plantes. Il devenait toujours silencieux et contemplatif, il s'oubliait dans la contemplation des marmottes.

Aujourd'hui, son but était différent, la relation s'était dégradée, comme toutes les relations, depuis quelques heures. Sur les bords des shingles, la mousse était sèche et piquante là où il posait la main, il repensait à Angie et aux méchancetés qu'il avait dites sur ses cheveux, il aurait voulu se repentir, mais il n'éprouvait guère autre chose que de la révulsion. Pourtant, Angie n'était que sale ; c'était lui qui était méchant. C'était un sale petit menteur, il l'avait affreusement blessée. Il était mauvais et Patsy, que l'incident ne dérangeait nullement, qui en riait même et qui voulait l'en récompenser, était mauvaise. Mais Mr. Pross était le pire, Mr. Pross qui aimait faire du mal aux gens, qui attendait l'occasion, qui avait poussé David à reprendre son rôle d'être malfaisant. Une honnêteté interne qui, spontanément, venait réprimander l'esprit de David alors qu'il s'efforçait d'annuler cette heure horrible, lui expliqua calmement qu'il aurait pu supporter l'assaut de Mr. Pross et y survivre. Mr. Pross n'avait jamais frappé personne. Mais la panique physique lui avait dit que l'endurance était au-dessus de ses possibilités. Ce n'était pas d'être frappé qu'il avait peur. C'était un garçon et Mr. Pross était un homme. Il voyait mentalement ces yeux obsédants qui pesaient sur lui, il en devenait malade. Il ne pourrait jamais rentrer dans cette salle de classe : si cet homme le regardait, il vomirait de dégoût, de rage et d'impuissance. Il était perdu dans sa lâcheté et sa haine, l'avenir le cernait. Devant lui, le soleil était une rougeur floue, l'herbe était un enchevêtrement informe.

Le moment vint où le museau de la marmotte pointa hors de la tanière avant de disparaître. David se rappela le désespoir de sa mère et pensa vaguement à ce qu'il était venu faire, sur le toit avec sa 22 long rifle. Ces marmottes, ce n'étaient vraiment que des sales bêtes, elles commençaient à faire de fameux dégâts à force de grignoter sous le plancher, elles seraient de plus en plus nombreuses, avec les petits qui devenaient presque aussi gros que la mère. La vieille femelle sortit la tête, ses pattes courtes s'accrochèrent à l'entrée du trou. David la contempla avec un silence désolé et haineux, sans vraiment s'intéresser à elle. Elle fit deux petits bonds et s'élança sur l'herbe, tournant la tête, le nez au vent. Elle s'arrêta, pivota, s'installa et se tourna vers le caniveau ; David souleva son fusil. Elle avait les yeux très brillants, dénués d'expression. Si David avait eu ainsi face à lui le groin du vieux Pross, il n'en aurait pas demandé davantage. Il aurait été sans pitié. Il aurait regardé ces yeux en vrille, animé d'une haine qui le poussait jusqu'au meurtre, il appuierait sur la détente, il appuierait…

Le coup partit avec un craquement assez peu sonore et David vécut un moment de détente furieuse et de revanche. La marmotte tomba et tressauta plusieurs fois, puis glissa lentement sur la pente, roula sur le dos et resta étendue, grasse et inerte, ses petites pattes avant recourbées contre son ventre. David posa le fusil et se dirigea vers la partie basse du toit, bascula par-dessus la gouttière et sauta à terre. Il toucha l'animal du pied, et la tête roula. Il l'avait atteinte dans l'œil, un assez joli coup. Il la ramassa par une patte arrière et la prit dans sa main gauche. Elle était chaude, lourde, toute molle. Il allait la jeter aux porcs.

Mais tout à coup il en fut incapable. Elle était si molle. Où était passée la vie qui, il y a encore une minute, la faisait courir, renifler, pencher la tête ? Il n'avait encore jamais rien tué, il avait vu des animaux morts, mais ce n'était pas pareil. Il y avait très peu de sang, mais le poids de cette bête inanimée dans ses mains lui disait qu'il était allé trop loin. Il voulait l'emporter dans les hautes herbes et l'enterrer, en un geste d'expiation, la remettre là où était sa vraie place. Peu importait l'opinion de sa mère, il n'allait pas tuer les autres. Il déposa le corps chaud dans un creux du champ et arracha plusieurs poignées d'herbe pour l'en recouvrir. Il repartit vers le toit et rangea son fusil sans le nettoyer.

Comme il ne voulait pas dire à sa mère ce qu'il avait fait, il se dirigea vers l'érable au coin de la maison et examina le fil téléphonique coupé. Une extrémité pendait en travers d'une haute branche ; l'autre était roulée sur la pelouse en une spirale irrégulière. David trouva dans le hangar une bobine de ficelle et des tenailles qu'il emporta avec lui. Il fit un nœud coulant autour du fil téléphonique qui traînait à terre puis, glissant la bobine de ficelle dans sa ceinture, il grimpa dans l'arbre et hissa lentement le câble jusqu'à lui. C'était presque trop simple ; il y avait plus de mou qu'il ne s'y était attendu, et il n'aurait même pas besoin d'ajouter un raccord. Il amena les deux extrémités l'une contre l'autre et les ligota. Il serra le tout avec les tenailles. Le fil réparé ne tombait plus dans les branches, il était presque à l'horizontale.

David aurait voulu qu'il y ait autre chose à faire, mais il n'avait pas envie d'aller aider Mr. Willetts dans la grange, parce que celui-ci aurait commencé à compter sur lui pour faire la moitié des corvées, qui reprendraient bien assez tôt. Il monta plus haut dans l'arbre, jusqu'à l'un de ses perchoirs favoris, où le vent agitait le feuillage, et il s'installa au creux d'une branche. Il tenta vaguement de ressusciter un de ses anciens jeux : faire comme si l'arbre était la mâture d'un navire à voiles, comme s'il était son arrière-arrière-grand-père qui avait passé le cap Horn et qui était allé en Chine. Mais l'arbre restait un arbre, l'écorce était rugueuse, les feuilles étaient petites, vertes, pâles dans le soleil de l'après-midi. Un nuage de poussière s'éleva de la route et devint une voiture. C'était son père qui revenait. David ne descendit pas, ne l'appela pas. Son père rangea la voiture dans le garage et entra dans la maison.

Une tristesse acide pesait sur l'esprit de l'enfant, qui pensait encore au contact de la marmotte dans ses mains. Il se pencha afin de distinguer le trou, pour voir si les petits étaient sortis. Cinq d'entre eux… non, tous les six étaient dehors, ils tournoyaient en petits cercles confus. Ils la cherchent, se dit-il ; ils cherchent leur mère, et elle gît là-bas, morte, elle ne reviendra jamais. C'est moi qui leur ai fait ça. C'est moi qui lui ai fait ça. J'ai tué de sang-froid une marmotte innocente. Sa gorge lui faisait mal, il appuya son visage sur l'écorce et se mit à sangloter lentement, douloureusement.

Au bout d'un moment, il se laissa glisser en bas du tronc et parcourut la prairie. Il finit par arriver à la source, sous le grand noyer noir, le dernier arbre à bourgeonner au printemps, le premier à perdre ses feuilles et à se dénuder à l'automne. Il s'étendit sur le ventre et but à la source, en plaçant sa bouche contre la surface de l'eau qui gargouillait ; puis il rinça son visage échauffé. Il ressentit un changement qui le perturbait, un sentiment de perte plus profond que celui de sa faute. Il ne revint pas à la maison avant que la cloche du dîner ait sonné deux fois.

Dès qu'il entra dans la cuisine, il sut qu'il était

arrivé quelque chose : la maison était parcourue de petites ondes électriques, par cette joie embarrassée qui accompagne une horreur qui ne nous touche pas de près. Même son père exprimait une excitation peinée. Ce fut sa mère qui lui expliqua, à voix basse et triste, comme il convenait, mais en prenant néanmoins plaisir à ce récit. Quelque chose d'affreux s'était produit. Le téléphone avait sonné (elle ne s'étonnait même pas que la ligne ait été réparée) et Mr. Purdy avait annoncé à Mr. McLaughlin que l'un des professeurs du collège avait été tué. L'un des professeurs de David, Mr. Pross. Il avait été poignardé en plein cœur par l'un des hommes du camp antillais. L'homme l'avait attendu devant chez lui à cinq heures. L'assassin était en prison et serait jugé pour meurtre.

Le père de David passa la main le long de sa mâchoire et demanda à David s'il était arrivé quoi que ce soit à l'école. Le meurtrier avait apparemment déclaré à la police que sa fille avait été gravement insultée. Mr. Pross avait traité sa fille de chienne et, dans leur pays, un tel mot à propos d'une fille était une invitation au meurtre. David se souvenait-il ? S'était-il produit quoi que ce soit de ce genre ?

David écouta, parcouru par de longues déferlantes de panique. Les insultes… Qui avait commencé les insultes ? Mr. Pross était mort, il gisait chaud et inerte, sa tête roulait au bout de son cou mort. À cette image se superposait un vernis de soulagement ; David était maintenant hors de danger, le compte de Mr. Pross avait été réglé par quelque force indépendante. Mais il restait terrorisé par son implication dans ce crime. Il l'avait commis, il l'avait causé, sa haine et sa lâcheté s'étaient unies pour le rendre possible.

Son père dut lui demander deux fois ce que Mr. Pross avait dit à Angelique. L'avait-il traitée de chienne ? David sortit de ses ténèbres et répondit oui, il pensait bien, il s'en souvenait. Il aurait voulu faire comprendre que Mr. Pross n'avait pas voulu l'insulter si profondément, mais ç'aurait été un mensonge. Mr. Pross voulait les blesser tous. Mais même Mr. Pross avait d'abord eu peur de ce qu'il avait dit. Il était impossible d'expliquer cela à ses parents. Il se demandait s'il devait mentionner son rôle dans cette affaire, mais le tourbillon de culpabilité se concentrait sur son cœur et refusait d'apparaître en pleine lumière.

S'il leur racontait tout, s'il disait : « C'est moi qui ai commencé. J'ai dit qu'elle avait des araignées dans les cheveux », que penseraient-ils ? Que diraient-ils ? Ils prendraient peut-être un air grave et désapprobateur, mais ils trouveraient une justification, il en serait quitte pour une légère réprimande. Mais peut-être pas. Jugeraient-ils que tout était sa faute ? C'est moi qui ai désigné Angie ; je lui ai montré sa saleté et sa vulnérabilité. C'est ma faute si Angie a gémi, si elle s'est sauvée, si son père attendait avec un couteau et si Mr. Pross gît maintenant inerte, lourd, chaud et mort. C'est moi qui devrais être assis dans la cellule du meurtrier en attendant de mourir.

Le père de David hocha solennellement la tête et dit que Ronald Purdy avait aussi confirmé le récit de l'assassin. Mais cela n'aiderait guère le pauvre Sotello. C'était une erreur, une grave erreur que de faire venir des gens différents dans une société dont la morale était plus policée, puis de les punir pour n'avoir pas compris que notre pays vivait au XXe siècle. Le pauvre homme avait agi selon sa propre conception du bon droit, mais cela ne ferait rien pour le disculper ici. La communauté était soudée, résolument provinciale. Pross était un individu respectable, bien connu, religieux. Le meurtre en soi n'appartenait pas à ce modèle social. « Car nous ne savons ce que nous faisons », marmonna-t-il, et son visage doux rayonna.

L'esprit de David continuait à tourner autour de son acte, de ses deux actes, intimement liés. Si l'un des garçons ou si Patsy dit que c'est moi qui l'ai fait, j'avouerai, mais cela ne changera rien à la punition. Et si personne ne parle, je suis sauvé, Patsy me regardera de son air intéressé, nous serons les seuls à connaître ma faute, elle et moi, et je porterai ce poids pour le restant de mes jours. Mais je serai le seul à tout savoir, le seul à connaître le meurtre que j'ai commis. Et si je leur disais que j'ai visé avec mon fusil, que j'ai voulu la mort de Mr. Pross et que le coup est parti, exactement comme je le désirais, mais que la marmotte est morte aussi : je l'ai sacrifiée pour que Mr. Pross meure, mais c'est lui que je voulais frapper.

Il fut incapable de manger et ses parents se montrèrent pleins de prévenances avec lui, malgré leur étonnement. Quand sa mère se leva pour monter coucher les petits, il se leva aussi. Tandis qu'elle leur lavait les mains et le visage, il se traîna jusqu'à sa chambre, resta un moment à la fenêtre, puis l'ouvrit et alla s'asseoir sur le toit.

Le soleil se couchait dans une bande de lumière rouge contre un ciel vert clair, qui promettait une belle journée pour le lendemain. Les petites marmottes erraient dans l'herbe. Tout l'esprit de David se vida, l'appel des oiseaux du soir était loin de lui. Rien n'approchait de son cœur. La marmotte, avec sa fourrure douce, était couchée dans son lit d'herbe, et il savait avec certitude que c'était elle qu'il avait assassinée. Ce n'était pas Mr. Pross. C'était Mr. Pross qu'il avait visé, Mr. Pross auquel la balle meurtrière était destinée, mais c'était cette vie douce, lourde et velue qu'il avait abattue.

Une autorité mystérieuse avait décidé, une roue avait tourné et avait fait disparaître Mr. Pross sans son aide, sans avoir besoin de son aide. Ce qu'il avait fait était en un sens plus criminel que le geste furieux du père d'Angelique, plus criminel que la manière dont il avait lui-même trahi la fillette. En vérité, il avait vu pendant un instant les araignées nocturnes dans ses cheveux. Son crime était un meurtre sans mobile, un sacrifice impur. Il n'était pas resté fidèle au monde qui se déployait autour de lui durant les heures où, le cœur pur, il s'était promené seul. Il avait mélangé deux mondes : il n'avait pas protégé le monde de l'aube, les saisons cycliques et les animaux innocents. Il avait choisi de faire irruption avec une arme meurtrière, poussé par la haine et l'écœurement, dans ce monde secret qui tournait selon sa propre loi assurée, à l'abri de l'amour et de la haine, de l'espoir et de la peur. Il l'avait mêlé aux actions souillées des hommes. Toute sa vie, même dans la maturité, il aspirerait au silence du lever du jour, au souffle de vie pure, à la sensation de cette grande roue tournoyante. Mais il était maintenant atteint par l'humanité ; il était pris dans le monde de la culpabilité.

Il restait recroquevillé, le menton sur les genoux, plein d'une douleur lugubre, et regardait le soleil se coucher sans son aide. La boule rouge diminuait, pâlissait derrière la ligne noire des collines. Le couchant lançait des flammes rouges dans le ciel vert comme un glacier. Il resta assis là jusqu'à ce que la lumière ait disparu. Il avait froid, il avait mal aux yeux. Aux dernières lueurs, il vit une grande porte se refermer irrévocablement sur le monde perdu de la nature et de sa bénédiction.

Titre original : *The Red Slayer*.
Inédit.

Mélancolie

Dans le salon, au-dessus de la cheminée éteinte, le miroir ovale au cadre d'or terni reflétait les dernières lueurs de cette journée de fin d'automne. Dans la pénombre du vestibule, Stella Tarrant ouvrit la porte et resta un instant, silencieuse, en haut des trois marches qui menaient dans la pièce. Elle se plaça exactement au centre de l'escalier afin que le miroir la saisisse sur son bouclier d'un vert crépusculaire et l'accueille peu à peu à mesure qu'elle descendrait. Avec une grâce farouche, elle essaya de se donner une silhouette avantageuse, mais ses omoplates avaient encore la gaucherie de l'adolescence et sa taille trop maigre n'avait pas l'élégante minceur souhaitée. Sa mère, lui avait-on dit, avait jadis une taille qu'un homme pouvait encercler des deux mains. Stella fit un pas en avant, d'un mouvement cérémonieux et délibéré. Elle descendit doucement, avec la sensation d'être une feuille emportée par le vent ; s'avançant avec précaution, elle découvrit d'abord le reflet de son long pied de reine, puis la taille étroite, les bras inclinés, à moitié relevés, qui formaient un motif ravissant, si tendre, la gorge blanche jaillissant en V de sa robe sombre ; enfin, l'ovale blanc et flou du visage avec ses grands yeux noirs. Plantée au milieu de la moquette, elle garda la pose un instant, vacillant légèrement, absorbée et émerveillée par cette silhouette de rêve qui, très loin dans la vaste zone marine du miroir, s'était arrêtée en même temps qu'elle, vacillante, hésitante.

Dehors, les branches du frêne formaient une masse d'or, le bloc brillant et pur du feuillage scintillait au soleil comme un amas de métal précieux, comme un arbre touché par le roi Midas. Son éclat retombait sur le damas vert des rideaux drapés autour des étroites fenêtres, de sorte que toute la pièce était emplie d'une brume verte et de reflets aquatiques mouvants. « Comme une nymphe des eaux dans une étendue d'eau salée », murmura Stella à son image lointaine, tout en traversant la pièce ; à l'intérieur du cadre du miroir se mit aussi à grandir, en s'approchant avec assurance et sérénité, embrumé et charmant, son visage ovale.

À cause des miroirs, Stella n'était pas seule dans cette demeure hostile, trop silencieuse. À travers toute la maison, où le moindre bruit était étouffé, tant elle était chargée de tapis, de tentures et de brocarts fanés, chacune des pièces sombres et abandonnées qui se cachaient sous ces antiques coupoles blanches et dentelures de bois contenait au moins un miroir profond et sombre, comme une forêt recèle ses étangs obscurs et insoupçonnés, ses sources secrètes. Où qu'elle aille, le visage l'attendait, comme une amie inconnue, détentrice de secrets.

Elle s'arrêta à un mètre de cet autre monde, le mystère du miroir, pour différer un peu l'accomplissement, le face-à-face ; l'étrange lumière sous-marine de l'après-midi la troublait et l'enchantait, si bien que son cœur se mit à battre lourdement.

« Es-tu vivante ? » chuchota-t-elle à l'adresse de cet être aux yeux sombres qu'elle avait devant elle. La bouche reflétée bougea et ses propres paroles parcoururent la pièce en un murmure. Son cœur battait en rythme, comme un gong flottant, et l'air d'un vert marin restait en suspens au-dessus d'elle, comme une vague arrêtée. Sur le manteau de la cheminée, l'horloge d'onyx maintenait son tic-tac régulier, mais tout était immobile.

À l'étage, une porte se ferma, et Stella retrouva ses esprits. La pièce se durcit face à la normalité, à la menace de l'intrusion. Elle avait failli négliger la dernière étape du rituel, et elle se hâta d'aller affronter le miroir, dans le tourment du désespoir et de la supplication, recherchant le regard de ces yeux écartés et impénétrables, ce visage pâle cerné par son fourreau de cheveux noirs et lisses. Voilà que revenait ce terrifiant instant d'étrangeté et de reconnaissance. Elle reprit haleine. Par un phénomène incompréhensible et merveilleux, elle voyait son propre mystère dans le miroir, se déplaçant avec elle, soupirant avec elle, et pourtant distinct, pas même assurément en vie ; un fantôme, mais sans rien d'irréel, muet, une silhouette prisonnière du miroir, incapable de toute action qui n'eût pas été d'abord créée pour elle, mais du moins quelque chose, une présence, qui réagissait à coup sûr, une présence incontestable, dotée d'un regard qui se plongeait douloureusement et profondément dans le sien.

« Personne ne t'a vue. Personne encore, personne ne t'a vue », murmura-t-elle à l'autre, en venant tout près, tandis que l'air vert et lourd restait suspendu comme un rideau de nuages autour d'elles. Elle distinguait nettement dans le miroir les cils recourbés, le minuscule grain de beauté, comme une mouche au menton, le contour plaintif des lèvres, à la découpe si tragique, leur rose pâle presque aussi incolore que les joues d'ivoire. Les yeux de l'autre cherchaient les siens, sans choisir, mais posaient la même question : qui es-tu ? qui suis-je ? que voulons-nous dire ?

Ah ! comme elle l'aimait, cette autre, cette inconnue si chère. Son cœur vibrait de joie et d'étonnement. *C'est moi*, songea-t-elle, et c'était vrai ; mais c'était aussi quelqu'un d'autre, qu'elle ne pouvait jamais atteindre, jamais toucher. Sa préférée, son amie, son âme, distante de son corps, et pourtant elle-même, cette chère conscience de sa propre beauté sombre.

À l'étage, les bruits devinrent plus divers, se changèrent en tintements, en chocs et en frottements, en voix bourdonnantes et en mouvements des pieds, de plus en plus sonores, de plus en plus proches : la démarche pesante et implacable de tante Augusta, le claquement des talons de tante Pris, accompagnés par le cliquetis des bracelets et des colliers, et enfin, en retard, le pas lent et masculin de son père, cette voix basse et lasse, le pivot autour duquel s'articulait la vie insupportablement triste de cette maison suffocante. En un instant, ils furent réunis autour d'elle dans le salon.

« Sans chapeau, Stella ? » demanda tante Augusta, moulée dans sa robe montante de taffetas noir, selon la formule figée qui sous-entendait que Stella ne serait jamais capable de se couvrir la tête de façon adéquate. Le visage large de tante Augusta, trop grand, plat comme une assiette, avec l'excroissance qui la défigurait sur le côté du nez, semblait écraser la jeune fille, lui imposer la sévérité lourde de son jugement en suspens, si bien que ses secrets incertains se recroquevillaient pour se dissimuler sous la fragile protection de sa jeune chair. Elle frissonnait, se sentant dévoilée, chaque fois que ces yeux froids et immobiles l'inspectaient.

Et par-dessus le silence agité et irritable de son père, tante Pris jacassait, intarissable, avec son immuable ton de gaieté embarrassée, à propos du jeune pasteur : il était d'une pâleur si seyante, mais qui pouvait dire si cela tenait à sa spiritualité ou à l'anémie ? Le gloussement agaçant de tante Pris voltigeait autour de la noire étoffe sacerdotale en la palpant timidement.

« La bouche molle, peut-être, n'est-ce pas, Augusta ? Les lèvres un peu trop pleines pour la profession qu'il a choisie… ne crois-tu pas ? » Et ce gloussement nerveux, d'une indécence incroyable, tandis que les petits yeux luisants glissaient vers le visage de Stella et lui adressaient, avec une ardeur timide, un signe de connivence qui supposait une communauté de pensée. La jeune fille se sentit rougir de honte et d'inconfort. Qu'était-ce donc qu'elles pensaient, qu'elles attendaient d'elle, ces deux femmes ? Elles la mettaient mal à l'aise, elle ne pouvait pas se sentir bien en leur présence. Depuis tant d'années qu'elles étaient chargées de son éducation, elles l'enfermaient dans une surveillance zélée et inquiète qui ne manquait jamais de faire naître en elle un sentiment de culpabilité gênée.

Et le regard effacé, troublé, de son père qui lui reprochait constamment lui aussi ce qu'elle était en secret, la jeunesse et la féminité qui étaient en elle, la douceur flottante de sa vie qui ne pouvait trouver d'appui là où ils se tenaient tous, ces adultes, ces êtres fixés, liés et endurcis par les événements passés de leur vie âgée, sans espoir en eux, sans lendemain ; son père sentait comme elle cherchait à le fuir, à les fuir tous, mais lui surtout, avec violence, avec force. Depuis que ses seins étaient éclos, il la tenait sous sa coupe avec cette réserve embarrassée, cette rigueur paternelle nerveuse, de peur que n'apparaisse en elle ce qu'il craignait le plus. En même temps, il fouillait, cherchait, questionnait ; cette silhouette au col dur, vide, éprouvant un besoin, un manque suranné, cet homme qui avait, dans sa jeunesse, été abandonné par l'être aimé, cette mère absente, inconnue, désirante, qui les privait de tout. Son père, mal à l'aise avec elle, et pourtant empiétant férocement sur sa vie, lui interdisant d'avoir une identité ; son père qui ne disait rien.

Elle le regarda leur tenir la porte, alors que passaient devant lui les trois femmes de sa maisonnée. Distant, privé d'amour. Son épouse l'avait quitté, avait quitté Stella aussi, avant que celle-ci n'ait l'âge de s'en souvenir ; dans la maison, son nom était une ombre, un trait droit sur les lèvres de tante Augusta, un ravissement scandalisé dans le cœur agité et sans amour de tante Pris. Et pour son père, qu'était-ce ? Son irritabilité sèche masquait-elle le regret de cette jeune femme ardente, impétueuse, volontaire, qui était partie ? (Elle se faisait inévitablement de sa mère une image très romantique.) Ou était-il secrètement satisfait d'être libéré de cette sauvagerie, et son orgueil était-il seul offensé ? Elle ne savait rien, en fait. Elle savait seulement que sa surveillance maussade l'agaçait, l'énervait, la poussait au secret, à leur dissimuler inexorablement, à tous, une personnalité exultante qui s'était renfermée et leur refusait tout accès.

Sur le pas de la porte, tante Pris pivota tout à coup. « Une lampe », murmura-t-elle en courant vers une table pour aller illuminer un grand abat-jour à franges. « Il vaut toujours mieux laisser une lampe allumée.

— Sottise, Pris, retentit, du vestibule, la voix ferme et autoritaire de tante Augusta. À cette heure de la journée ? Ne sois pas bête.

— Une maison vide, affirma tante Pris en revenant alors que la lampe restait allumée, cela tente les intrus.

Il fera nuit avant que nous soyons rentrés. On dit qu'il faut toujours laisser de la lumière quelque part, sinon autant afficher sur la devanture qu'il n'y a personne. Le meilleur endroit serait la salle de bains, paraît-il. J'ai lu ça quelque part cette semaine. Une salle de bains éclairée… Je devrais peut-être monter avant que nous partions.

— Pris ! » La masse de tante Augusta lui barrait le chemin. « On voit bien que ce n'est pas toi qui paies les factures d'électricité. Et même que tu ne les regardes jamais. C'est moi qui suis obligée de rogner sur tout, dans cette maison. »

Tante Pris se hérissa. « C'est très aimable de ta part, Augusta, de me rappeler ma position ici. Je ne disais ça que pour notre bien, dans notre intérêt commun, à nous tous. Nous vivons une période bien difficile, chacun le sait. Personne ne peut dire comment raisonnent aujourd'hui les criminels. Tiens, cet homme, dans le New Jersey, tout ce qu'il y a de plus normal en apparence, avec une femme et des enfants, je crois même. Eh bien, tout à coup, il a pris un pistolet et s'est mis à tirer sur tout le monde…

— En ce cas, dit tante Augusta, impassible, nous ferions mieux de rester chez nous au lieu d'aller nous promener.

— Ce n'était qu'un exemple. » Tante Pris vibrait de rage. Le bon sens inébranlable de sa sœur avait toujours le dernier mot. Mais avec un manque de logique typiquement féminin, elle reprit un grief antérieur pour revenir à l'attaque. « Et de mettre sur le tapis la facture d'électricité, lança-t-elle d'une voix plus aiguë, alors que tu sais parfaitement que c'est Harvey qui la paye, même s'il te laisse faire les chèques. Demande donc à Harvey si nous pouvons nous permettre le risque d'un cambriolage, Augusta. »

Stella vit que l'agitation de son père avait pris la forme d'une exaspération qu'il contenait à peine. Les allusions à l'argent le troublaient toujours au plus haut point, comme s'il trouvait indécent d'en discuter. Il usait ses costumes jusqu'à la corde ; avec les années, sa position à l'entrepôt ne s'était pas améliorée tandis que les prix montaient inexorablement, et la maisonnée était gérée sur la base de l'économie la plus stricte. Pourtant, dans les magasins, il ne demandait jamais combien coûtait un article : il faisait son choix en vitrine, puis versait cérémonieusement, douloureusement la somme demandée, même quand le prix dépassait tout ce qu'il avait imaginé. C'était une question de standing, de fierté familiale, même si la famille était tombée si bas que plus rien ne pourrait la sauver, même s'il n'y avait plus aucun rang à tenir. La dispute de ses sœurs réveillait cette honte en lui et, dans son irascibilité superficielle, il fondit soudain sur ces femmes acariâtres et de peu de cœur.

« Allez-vous arrêter de vous crêper le chignon ? » Puis, lui-même choqué par une telle manifestation d'agacement, il se détourna, les joues rouges et aspirées. « Allons donc, venez.

— Faut-il laisser la lumière ? demanda tante Augusta.

— Laissez-la. Laissez-la ! » cria-t-il, son cou ridé empourpré par la colère.

Tante Augusta réussit à avoir le dernier mot, bien qu'indirectement. Elle réprimanda sa nièce.

« Ton chapeau, Stella. Tu vas nous faire attendre ? »

Stella épingla rapidement son petit béret noir face au miroir trop brillant du vestibule, comme pour s'excuser, car elle réagissait toujours mécaniquement à leurs ordres, incertaine, obéissant à tous les trois, timide, consciente de ses hésitations ; c'est seulement dans sa vie secrète, délicieuse et cachée, qu'elle osait leur résister, qu'elle tentait avec la joie du désespoir de suivre son bon plaisir.

La promenade du dimanche les menait toujours vers les larges trottoirs de Chestnut Street. On passait d'abord devant les entassements de pensions de famille, bâtisses carrées, en bois, toutes semblables les unes aux autres, avec leur large porche, puis l'on traversait un quartier plus récent, où de jolies résidences en brique et en stuc avaient été construites avec une diversité étudiée, trônant posément au milieu des pelouses et des arbustes, et l'on atteignait enfin les grilles du parc. Ils marchaient lentement, à quatre de front, son père à un bout avec tante Augusta à côté de lui, et elle prise entre les deux femmes, soigneusement protégée de tout contact passager par le rempart d'une tante de part et d'autre. Ce petit rang humain formait un assemblage terne et guindé ; ils s'arrêtaient lorsqu'ils croisaient d'autres piétons, pour permettre aux intrus de passer leur chemin, sans briser le front raide de leur étroite phalange.

Un jeune homme passa nonchalamment : ses yeux parcoururent avec amusement les quatre visages composés, puis se baissèrent par politesse. Stella rougit et lui en voulut. Elle voyait leur groupe tel qu'il devait le voir, quatre silhouettes miraculeusement conservées, rescapées de l'époque des voitures à chevaux, miteuses, respectables et fières, ces dames avec leurs chapeaux haut perchés, son visage à elle, déjà celui d'une jeune femme, surmonté par un rond de feutre comme une écolière. Le visage du jeune homme lui rappelait celui de l'un des garçons du cours de danse, lors de ces pénibles séances mensuelles. Elle avait alors une dizaine d'années, elle avait subi, dans la maladresse de ses grandes mains et de ses grands pieds, ces innombrables partenaires forcés avec lesquels elle titubait à bout de bras et auxquels elle présentait ses excuses angoissées : « Oh ! pardon. – Pas de problème. – Je suis désolée. – C'est ma faute. » Aucune conversation n'avait jamais résulté de ces brefs échanges, et elle se demandait avec envie et passion comment les autres faisaient, ce qu'elles savaient, ces fillettes superbes qui poussaient de petits cris en tourbillonnant si vite.

Ce souvenir lui était désagréable, et elle fut heureuse d'arriver aux grilles du parc pour s'élancer dans le chemin plat où une brise d'automne vint à leur rencontre, sous les arbres d'or, vers le bleu minuit du petit lac, avec ces deux taches blanches rigides, les cygnes nageant délicatement vers l'embarcadère où les gens leur jetaient parfois du pain. C'étaient des animaux gourmands. Sur les coteaux, elle voyait que les baies de cotonéaster étaient d'un rouge éclatant, et les bras noirs et nus des arbres mouchetés de minuscules pendeloques rouges. « L'année se saigne à mort pour former ces baies », songea-t-elle, car elle concevait souvent ce genre de phrases et elle écrivait parfois des poèmes qu'elle gardait cachés. Les massifs de chrysanthèmes étaient surmontés d'une curieuse floraison brun-rouge, comme des taches de rouille sur la terre, comme si la vieille et lourde terre ferreuse succombait peu à peu à la rouille. Elle inspira et renifla leur odeur moisie, vivante, portée par l'air vif de cette journée mourante, de cette année mourante.

Lorsqu'ils parvinrent au lac, elle regretta, comme elle l'avait regretté quantité de fois auparavant, de ne pas avoir eu le courage d'apporter du pain pour les cygnes, car personne ne les nourrissait et elle aimait les voir s'approcher. Elle aimait leurs palmes grossières, leur œil dur et froid, l'angle puissant et maladroit de leurs pattes, si laides lorsqu'elles se révélaient dans leur robuste mouvement de pagaie. Elle en venait presque à s'oublier elle-même, à oublier sa vie curieuse et triste, lorsqu'elle était ainsi en plein air et s'approchait de l'aspect et du contact des objets naturels, des choses brutes et inachevées, dures, spongieuses, froides, résistantes : l'écorce des arbres, les champignons, les pierres, l'eau froide et immobile. Elle trouvait quelque chose de satisfaisant dans l'articulation anguleuse des jointures animales, leur puissance primitive, leur absence de joliesse. Elle voulait toucher, manipuler ces choses fermes et résistantes, ces choses auxquelles elle devait se confronter et se frotter sans avoir recours au rêve ou au souhait. Ces contacts lui procuraient une sorte de catharsis, mais elle en ressortait toujours brièvement effrayée, comme si rien d'autre de réel ne pourrait jamais lui être offert dans toute sa longue vie.

Elle s'accroupit tout à coup au bord du lac et ramassa une poignée de graviers qu'elle frotta entre ses mains, pas assez vigoureusement pour se blesser, mais juste assez fermement pour en sentir la solide consistance granuleuse. Elle avait tellement oublié la présence des autres qu'elle n'entendit pas d'abord les reproches étonnés de tante Augusta :

« Stella ! Mais que diable... ? »

Elle chassa lentement les fragments de pierre qui s'accrochaient à ses mains, puis se rinça les paumes dans l'eau peu profonde. Elle se leva à temps pour surprendre le regard résigné qu'échangèrent ses tantes, pour savourer pleinement le dégoût silencieux que son geste inspirait à son père. Sans ajouter un mot, ils reprirent leur marche, tous les quatre, dans le silence pincé qui s'abattit sur sa honte et la couvrit. Ses mains mouillées la gênaient, mais elle n'osait pas les essuyer. Elle jeta un coup d'œil à son père et vit, le cœur serré, qu'il était au comble de l'exaspération. Son visage était parcouru de tics et ses joues rouges se couvraient d'une légère rosée de transpiration. Ses longues mains inefficaces traçaient devant lui de petits gestes nerveux, tandis que sa pomme d'Adam saillante montait et descendait.

« Je ne *peux pas* comprendre. Je ne *peux pas* ! » éclata-t-il brutalement, en dirigeant vers sa fille une expression de détresse et de reproche furieux, de haine cruelle et de répudiation. *Il me déteste*, pensa Stella, avec un mouvement de recul. *Il ne supporte pas que je sois en vie*. Elle sentit son cœur se durcir. Pourquoi ne pouvait-il pas la laisser en paix ! s'exclama-t-elle intérieurement. Pourquoi fallait-il qu'il vienne la chercher, la tirer, la harceler ? Il voulait qu'elle ait pitié de lui, maintenant ; il voulait que, pour lui, elle ait honte de ce qu'elle avait fait. Mais en son for intérieur, elle n'avait pas honte. Elle ne pouvait comprendre pourquoi cela lui paraissait si grave. Il n'y avait vraiment rien de mal, en fait. C'était bien le problème. Apparemment, elle ne savait jamais. Elle n'était pas spontanément comme il faut. Le monde qu'habitaient les autres était régi par des valeurs qui ne lui étaient pas familières, et c'était pourtant un monde réel. Elle sentait la solide cohérence de sa matière, qui la terrifiait. Elle rejetait ce monde, elle n'en voulait pas, mais même si elle l'avait voulu, même si elle s'était efforcée d'en faire partie, elle n'aurait pas su comment y entrer. Il devait y avoir en elle quelque chose de défaillant. Il y avait toujours en elle cette crainte et cet espoir, cette agitation flottante, ce sentiment du merveilleux imminent, du secret à peine gardé. La vie des autres, de ceux qu'elle avait connus à l'école, des membres de sa famille, était trop serrée, trop remplie, trop pleine de querelles et de bruits. Pourtant, tout s'arrangeait confortablement pour eux, leurs actions, leurs journées, leurs connaissances ; elle était malade de jalousie en voyant la facilité avec laquelle ils vivaient, mais elle ne pouvait pas se joindre à eux. Elle ne pourrait jamais, jamais se sentir chez elle où que ce soit.

Ils marchaient lentement tous les quatre, en formation sévère, entourés par la folle splendeur du feuillage d'automne. Tante Pris fut la première à lui pardonner. Elle rompit le silence en émettant quelques gargouillis pour exprimer la joie que lui procurait la beauté dorée du parc.

« Délicieux, délicieux ! » s'écria-t-elle, dans un tintement de bracelets, en direction d'un buisson de bouleaux jaunes.

Stella lui offrit un bref et raide sourire de remerciement car, bien que honteuse de la sotte exubérance de sa tante, elle lui était réellement reconnaissante. De fait, ces bouleaux étaient magnifiques. Ils ressemblaient à de minces jeunes filles aux longs cheveux ondoyants. Des jeunes filles solitaires, qu'observaient seulement les vieilles femmes fantasques, qu'aimaient seulement les vieilles femmes fantasques à la voix stridente et vulgaire. Leur or se reflétait avec des contours mouvants dans l'eau du lac que fonçait à présent la fin du jour. L'eau semblait devenir plus profonde à mesure qu'il faisait moins clair, et Stella se souvint qu'on lui avait dit que ce lac n'avait pas de fond ; elle imagina sa nuit ténébreuse s'étendant très bas, très bas, jusqu'à l'abîme noir du cœur de la terre. Par une telle porte, peut-être, Perséphone, fille de la chaleureuse déesse de la Terre, était descendue jadis vers son sombre amant, à travers une eau semblable, qui perçait la terre dans la lointaine Grèce aux temples blancs, Perséphone qui chaque année était ainsi de nouveau ravie à la Terre. Cette bouffée de couleur automnale était la dernière image qui restait d'elle jusqu'au printemps. La vieille légende semblait bien réelle ici, entre le bleu minuit du lac et les arbres d'or.

C'était la seule chose qu'elle avait conservée précieusement de ses études à l'Académie de Miss Boynton, l'école de jeunes filles la plus sélective de la ville, où la famille avait réussi à l'envoyer comme demi-pensionnaire et où elle avait passé quatre années silencieuses, sans amies, entrant et sortant des classes sans qu'on la remarque : la découverte de la Grèce et de Rome, les mers sombres comme le vin, le soleil et les passions tragiques. Pendant deux timides années, elle avait été éprise de Mr. Dawes, le professeur de latin, qui avait une voix de théâtre et qui leur lisait parfois les vieilles histoires d'Hélène aux bras blancs pour qui les sombres vaisseaux prirent la mer, de la petite Iphigénie assassinée sur l'autel dans sa robe de mariée, de la belle Aphrodite et de la brune Didon, la brûlante Didon qui mourut dans les flammes tandis que des voiles au loin disparaissaient à l'horizon marin.

Peu à peu, elle en était venue à rêver à ces reines et à ces déesses antiques, à ces femmes perdues et désespérément aimées, en partie parce que le cœur de Mr. Dawes leur semblait dévoué, et elle pensait ainsi parfois qu'une heure viendrait où il lèverait les yeux en classe pour la voir assise là, que ses yeux seraient éclairés par la révélation et qu'il se dirait : « Mais elle leur ressemble ! » Elle s'identifiait en partie à elles parce que son destin était également de désirer profondément et de souffrir. Leur vie la remplissait d'une exquise mélancolie, d'une désolation suave. Elles étaient ses sœurs tragiques. Sa mère qu'elle avait perdue était de leur tribu, sa mère qui avait trop bien aimé un homme, qui avait été ravie par l'amour, enlevée, pour disparaître comme Perséphone, dans des ténèbres qui ne l'avaient jamais relâchée.

Lentement, calmement, les quatre silhouettes firent le tour de l'eau sombre, tandis que l'orgie de feuilles d'automne triomphait et exultait autour d'eux dans son clinquant éhonté, sa fureur et son abandon, tandis que le cœur de Stella s'emplissait d'une paix tremblante.

Comme toujours, un dimanche par mois, ils prirent le thé chez la cousine Edda, à l'autre bout du parc, dans une maison prospère pleine d'énormes meubles capitonnés et de draperies à grosses fleurs. En dehors des réunions des Dames charitables et de la Société missionnaire de l'Église congrégationaliste, auxquelles ses tantes participaient régulièrement, c'était la seule sortie de la famille. Le cousin Albert, chauve, rondouillard et bien habillé, allumait le chauffage au gaz dans leur cheminée du XVIIIe siècle (ils ne faisaient pas brûler de bois parce que le cousin Albert était l'adjoint du gérant de la compagnie du gaz). Stella n'aimait pas cette maison, en partie parce que, par comparaison, elle rendait si sordide le capharnaüm typiquement victorien de la sienne – la richesse était si flagrante ici, mais sans être ennoblie par la beauté –, et en partie parce que, chaque fois qu'elle y venait, Doris, la fille de la cousine Edda, la mettait mal à l'aise.

Doris avait dix-huit ans, deux ans de plus que Stella, elle était très blonde, grasse, assurée dans ses manières, avec une bouche douce et attirante, des yeux malins qui semblaient trouver Stella amusante. C'étaient des yeux sournois qui en savaient trop pour leur âge, qui voyaient clair à travers Stella, qui dévoilaient sans merci ses plus précieux secrets. Ils voyaient toute l'amère pauvreté de sa vie, tout ce qui manquait à Stella et, avec une précision acide, à quel point elle désirait ce qu'elle n'avait pas. Tandis que leurs aînés évoquaient gaiement les petites maladies survenues dans leurs deux familles au cours des deux derniers mois, les deux jeunes filles se faisaient face, s'affrontant en une guerre de regards cruelle et tacite, l'attaque souriante et méprisante contre la défense nue, ébranlée, amèrement fière.

Aujourd'hui, cependant, quand la cousine Edda eut débarrassé le service à thé, Doris changea brusquement d'attitude. Elle emmena Stella à l'étage, dans sa chambre pleine de rubans roses, et devint complice, confidente et gloussante. Stella n'en croyait pas ses oreilles. Voici que, là où elle s'attendait le moins à trouver de l'amitié, on lui en proposait. Elle s'empourpra, elle aurait voulu avoir des choses intéressantes à dire, mais ne trouvait rien. Elle se sentait maladroite et fruste, comme toujours avec Doris, mais elle continuait à sourire et à écouter, parce que tout était si agréable. Elle sentait maintenant qu'elle s'était imaginé bien des choses à propos du regard de Doris. La tête blonde se pencha plus près et la bouche douce chuchota :

« Écoute, Stella, il faut que tu me dises. Est-ce qu'on t'a déjà *embrassée* ? »

Le mot était bizarrement souligné, mais Stella, dans sa panique à l'idée de révéler toute la profondeur de sa solitude, de son statut d'être indésirable, n'en avait pas pleinement conscience. Elle envisagea un instant d'avouer toute la vérité, puis baissa les yeux, mentit et répondit oui.

Elle n'était pas préparée à l'ampleur de la stupéfaction de sa cousine, à son incrédulité manifeste.

« Toi, Stella ? Franchement ? Tu ne me mens pas ? Eh bien, honnêtement, je n'aurais pas cru ça de toi. Mais comment fais-tu ? Avec ces deux vieilles corneilles qui battent toujours des ailes autour de toi ? » La bouche sotte et molle devint plus sagace, plus confidente, se mit à murmurer des choses choquantes, en usant de termes dont Stella ignorait l'existence et dont, malgré toutes ses lectures, elle ne pouvait que soupçonner le sens en tremblant. Tout son corps rougissait de honte et de dégoût, mais aussi, hélas, sous l'effet d'une curiosité furtive qui absorbait tout ce qu'elle entendait, curiosité qui lui faisait horreur. Puis Doris prononça le nom de sa mère.

« Ils ont tellement peur que tu tournes comme elle, voilà tout… »

C'est seulement alors que la conscience de Stella comprit pleinement dans quoi elle avait été attirée. Avec une prompte honte, elle repoussa toute idée de participation ; elle dirigea sa répulsion contre Doris sous la forme de la colère, d'une ardente et juste défense de la femme aimée et souillée qui l'avait engendrée. Sa mère, victime d'un doux amour tragique, ainsi profanée par ce doigt lubrique !

« Laisse ma mère tranquille ! Elle n'était pas comme ça. »

Les yeux rusés de Doris la soupesèrent de nouveau, sondant son ignorance, ses illusions, son égoïsme honteux, jusqu'à ce qu'elle devienne écarlate.

« De toute façon, tu ne diras rien, conclut Doris. Tu aurais trop peur. »

Lorsqu'ils furent rentrés, Stella s'attarda au salon, s'accrochant à la présence protectrice de ses tantes, elle écouta même avec plaisir le long récital d'autosatisfaction dans lequel se lança tante Pris en voyant que la maison n'avait pas été cambriolée, défense et illustration de l'ampoule allumée. Il était bon d'être de retour, parmi les franges et les coussins usés.

Le lendemain matin, la pluie rendait tout sombre et flou ; les feuilles qui dansaient la veille pendaient, trempées. Pendant toute cette journée, elle rechercha la compagnie de ses tantes, évitant les miroirs, évitant son propre regard, qui avait toujours été clair et sans détour, auparavant, mais qu'elle hésitait maintenant à croiser. Elle était agitée, troublée. Pour la première fois de sa vie, elle avait éprouvé le goût de la corruption, et sa vision du monde tel qu'il pouvait être s'en trouvait ébranlée. Ébranlée parce qu'il y avait dans le mal, dans la laideur, quelque chose qu'elle connaissait déjà. C'est parce qu'elle reconnaissait cela qu'elle était effrayée.

Puis, peu à peu, à mesure que l'on s'approchait du couchant, le ciel s'éclaircit et, même si le frêne brunissait maintenant, triste, il y restait assez d'or vivant pour réfléchir les rayons pâles du soleil déclinant. La superbe agonie du jour la consola, lui rendit des forces. Quand l'ultime lueur commença à disparaître du ciel, elle monta dans sa chambre, ferma la porte et resta un long moment assise dans la pénombre. Elle était prise d'une tendre mélancolie. Au bout d'une heure, de deux ou trois heures peut-être (elle n'avait aucune notion du temps), la nuit se mit à briller, à frémir de lumière. Par la fenêtre, elle regarda le grand globe pâle de la lune nager au-dessus des toits, étalant sa lumière blanche et téméraire sur le sol, à travers les vitres cerclées de plomb. Elle leva les yeux vers le long miroir de sa coiffeuse et là, esquissé par le clair de lune, l'ovale vague et scintillant, son visage la regardait, la reconnaissant visiblement, dans toute sa beauté intacte et remémorée. C'était le monde réel, c'est ici que se trouvaient la vérité, la beauté, l'espoir de la vie où elle allait entrer. Doris ne pouvait pas l'atteindre, aucun d'entre eux ne pouvait l'atteindre, elle vivait seule ici.

C'était ainsi, sans qu'elle sache vraiment pourquoi. Les heures de cette interminable journée s'étaient étirées en longues périodes distinctes, et toutes, telles qu'elle se les rappelait, avaient une mauvaise odeur de pourriture. Pas seulement à cause de la mort humide de l'année, à cause des feuilles qui moisissaient dans les caniveaux. La vie des gens sentait mauvais, décida-t-elle, peut-être à cause des choses qui les préoccupaient. Comme si les gens passaient leur temps à s'inspecter le corps pour découvrir des croûtes et des démangeaisons, comme s'il en apparaissait sans cesse de nouvelles. Mais sa solitude à elle était une chose propre.

« Qui suis-je, alors ? murmura-t-elle à la nuit, moi qui habite un lieu pur, sans danger, baigné par la lumière des étoiles ? » La question était poétique, mais sincère. Elle sentait une parenté avec la nuit. Elle était chez elle dans ce silence.

Elle se leva et vint se placer devant le miroir, comme d'habitude. Elle repensa à Perséphone, à Didon, à leurs amours tragiques, et toutes deux avaient son visage triste et songeur. Lorsqu'elle pensait à ces beautés du passé, elle ne se représentait jamais les hommes qui les aimaient ; elle ne voyait que ces femmes solitaires, entourées par l'adoration comme par une brume persistante. Elle commença à se préparer pour la nuit, toujours debout devant la glace, observant dans ses ténèbres la grâce de ses mouvements, tandis qu'au clair de lune elle passait un jupon par-dessus sa tête, penchant un bras et une épaule minces et secouant ses cheveux.

En quelques minutes, elle fut déshabillée. Son jeune corps blanc frémissait un peu. Le contour de ses épaules était maigre et osseux. Ses seins arrondis, terminés par un petit bouton rose, s'éloignaient l'un de l'autre. Son nombril était une ombre sur son ventre plat, les genoux pressés ensemble, les cuisses blanches montant en forme de cœur surmonté d'un petit triangle de poils. Les autres avaient elles aussi eu un corps superbe, elles avaient été agréablement désirées, amoureusement étreintes… Son cœur se mit à battre lentement, gravement, comme un glas, et tout son corps en était secoué. Elle commença à trembler ; une terrible aspiration s'emparait d'elle, sans objet qu'elle puisse nommer, et montait dans sa gorge comme pour l'étouffer. Chaque centimètre carré de sa peau était intensément sensible au poids de l'air ; tout son corps était frais et vivant.

« Mais quoi, quoi donc ? » chuchota-t-elle à l'adresse de la beauté que reflétait le miroir, en respirant à peine. Dans la pièce, l'air était froid. Sous ce souffle glacé, la pointe de ses seins se durcit, leur peau se tendit, comme si elle avait été touchée par les doigts de la lune. Elle courut vers son lit, le souffle court, et tira la dureté froide du drap par-dessus son corps, jusqu'au menton. Ses paupières exclurent la lumière.

Le lendemain, elle accomplit inconsciemment les gestes familiers, s'habilla, mangea, répondant quand on lui parlait. Elle était enveloppée dans un sentiment de révélation, dans la conscience de la venue prochaine de l'objet promis. Elle sentait encore le toucher de la lune comme un sort jeté sur elle, et les heures flottaient comme un brouillard.

Au déjeuner, son père (il revenait toujours de l'entrepôt pour prendre son repas à la maison) lui reprocha brusquement de rêvasser. Elle tourna son attention vers la scène familiale juste assez loin pour rencontrer son visage, ses yeux humides de soupçon, ses joues maigres légèrement marbrées par le vent, le tout formant une intrusion nerveuse dans sa sérénité.

« Je pensais à quelque chose », fit-elle avec impatience. Elle ne voulait pas de lui. Elle ne voulait pas de ce qu'ils prévoyaient tous pour elle, désiraient pour elle, complotaient pour son avenir. Elle ferma son esprit contre lui comme elle aurait fermé une porte.

Après le repas, les tantes partirent avec son père. Elles devaient assister à une réunion de la Société missionnaire. Elles lui conseillèrent, comme à l'ordinaire, de garder les portes fermées et de tisonner le feu à trois heures. Elle acquiesça patiemment, alors que son inquiétude les talonnait, presque tangible, pour les mettre dehors.

Une fois seule, son énergie s'ébroua comme un rameau vert. Les bourgeons du printemps se gonflaient d'un désir intolérable contre les limites dures de leur enveloppe boisée. La mer verte de la maison déversait le trésor de ses eaux encombrées d'algues et de sa lumière océanique. Après avoir rangé la cuisine, elle parcourut les pièces, comme hypnotisée, traînant d'un étage à l'autre. Sur le palier, devant le petit miroir au cadre épais, elle s'arrêta et contempla longtemps ses yeux luisants, puis posa la joue contre la glace et fut surprise par son contact froid. Elle avait le visage brûlant.

Quand on sonna à la porte, elle sursauta ; elle ne voulait pas d'intrus. Elle décida d'abord de ne pas aller ouvrir, mais la curiosité lui fit descendre l'escalier. Les visiteurs étaient tellement rares.

Un jeune homme, étonnant par la vigueur de sa présence masculine, se tenait sur le seuil, un paquet de fiches entre les mains, une grande enveloppe carrée sous le bras. Il avait le visage gai et honnête, des cheveux clairs, bouclés, pleins d'assurance, le nez retroussé, et ses yeux regardaient droit dans ceux de Stella, comme s'ils partageaient, elle et lui, une plaisanterie sympathique. Il se mit à parler dès qu'elle lui eut ouvert.

« Bonjour ! Vous êtes bien Miss Tarrant ? J'ai un cadeau pour vous. C'est quelque chose qui va vous plaire, j'en suis sûr, et que vous allez apprécier. Et c'est absolument gratuit. Vous n'aurez rien à payer en échange de ce merveilleux cadeau.

— Un cadeau ? » Stella avait peine à recevoir la stupéfiante immédiateté physique du jeune homme ; sa personne avait quelque chose en commun avec la profusion automnale du frêne, une splendeur inattendue qui venait sans qu'on l'ait sollicitée. Et la proposition d'un cadeau s'accordait si bien au ravissement rêveur de la jeune fille que les pétales de son esprit ne se recroquevillèrent pas comme ils auraient pu le faire un autre jour. L'arrivée d'un tel messager, porteur de cadeaux, semblait marquée par la même poésie que la promesse de la nuit. L'apparition de ce jeune homme à sa porte était à la fois improbable et extraordinairement réelle. Il était là, souriant, superbe, dans l'attente. Son assurance et sa rapidité formaient autour d'elle un tourbillon, comme le mouvement d'une vague, elle était cernée, prisonnière, sentant que ses pieds se dérobaient inéluctablement sous elle.

« Mais comment savez-vous qui je suis ? demanda-t-elle. Qui m'envoie ce cadeau ? Je ne comprends pas. » L'ardeur de ses veines lui murmurait pourtant que ce présent, quel qu'il soit, était celui auquel elle devait s'attendre. Elle avait demandé à la vie un cadeau, et c'était littéralement par un cadeau qu'on lui répondait.

« Avant que vous ne disiez quoi que ce soit, fit-il vivement, d'une voix charmante et pleine d'une force solaire, je vais vous expliquer ce que je veux faire. Je veux vous montrer ce magnifique cadeau. » Il fit passer toutes les fiches dans une main et prit l'enveloppe qu'il s'efforça d'ouvrir avec sa main encombrée. Il était si gentil, riant de sa propre maladresse avant de tendre finalement ses fiches à Stella pour qu'elle les lui tienne, que, sans en être bien consciente et sans plus penser aux avertissements répétés contre les étrangers qu'il ne fallait pas laisser entrer, elle s'aperçut que le jeune homme était dans la maison, présence incroyable dans le vestibule, et elle le fit passer dans le salon, où il s'assit avec elle sur le canapé en crin. Il étala ses fiches sur la table basse, sur le napperon en dentelle de tante Augusta, où elles n'avaient rien à faire, où elles semblaient si étranges qu'elles transformaient toute la pièce, faisant effrontément irruption dans cet univers cloîtré et ombreux ; dans le salon métamorphosé, la présence du jeune homme résonnait comme une trompette.

Il était bien bâti, agile dans ses mouvements, et il lui tendit ses fiches et ses enveloppes d'un geste aisé, après sa gaucherie préliminaire sur le pas de la porte. Il sortit le beau cadeau de son enveloppe et le regarda en penchant la tête de côté ; c'était une grande image en couleurs des chutes du Niagara.

Quelle absurdité ! Stella sentit que la tête lui tournait et fut perturbée de voir son attente déçue. Il déposa la gravure sur le canapé, entre eux, et se mit à expliquer d'une voix animée combien il était important que chaque famille soit abonnée à un nombre correct de magazines, comment on pouvait perdre contact avec le monde en oubliant de se faire envoyer les bonnes lectures, et que chaque type de lecteur, jeune ou vieux, pouvait trouver la revue qui lui convenait.

C'était donc un représentant. Après le premier choc et la stupeur initiale, qui lui fit se trouver bien sotte d'avoir tant attendu (d'avoir espéré que le cadeau serait un objet rare, puisque le messager lui plaisait), Stella ne fut pourtant pas aussi désappointée qu'elle aurait pu l'être, car il lui restait la présence irrésistible du jeune homme. Ses petits espoirs timides auraient dû être entièrement écrasés, mais elle se laissa prendre par ses manières affables, s'attendant à davantage encore, alors qu'elle restait assise à le regarder. En soi, il était prodigieux que ce jeune homme soit là, si substantiel, masculin et plein de vivacité, avec ses mains qui se promenaient parmi les fiches, sa voix qui lisait le nom des magazines qu'il voulait lui recommander. Elle se mit à s'étonner de l'intelligence avec laquelle il faisait mine de suivre l'opinion qu'elle énonçait, mais sans se laisser interrompre, à s'étonner de plus en plus que tout cet incident soit réellement en train de se produire, avec ce jeune homme au nez court, frisé comme un Apollon, dont la présence et le discours remplissaient la pièce de façon si inespérée.

L'image des chutes du Niagara était apparemment le cadeau qu'on recevait de façon absolument gratuite en prenant trois abonnements, et Stella trouvait qu'elle ressemblait à la couverture du calendrier que leur boucher leur avait offert au Nouvel An, à présent suspendu à la porte de la cuisine. En tout cas, elle savait qu'ils ne s'abonneraient jamais à trois magazines, mais elle ne le dit pas parce qu'elle voulait qu'il continue à parler. Plusieurs fois, lorsqu'il mentionna une revue dont le titre lui était familier, elle prit un air intéressé et réceptif : il se mettait alors à décrire le magazine en détail, plein de cœur à l'ouvrage, si bien que Stella sentait son cœur se serrer à l'idée de sa duplicité, même si elle luttait contre cette accusation.

Ce jeune homme était étudiant et vendait des magazines durant ses après-midi libres afin de financer son inscription à l'université, lui dit-il. Et il s'arrêta là, comme s'il réfléchissait, puis dit que ce n'était pas vraiment l'université : c'était une école des beaux-arts, mais il était censé dire qu'il allait à l'université.

Cet aveu, cette rectification soigneuse, interpella l'honnêteté de Stella. Elle se reprocha sa dissimulation, alors qu'il était si franc, elle se sentit humiliée à ses propres yeux. Peut-être, comme dans les légendes antiques, y avait-il des règles qui gouvernaient les événements mythiques, et peut-être avait-elle violé une règle par ses faux encouragements ; ou peut-être ne faisait-elle que suivre ces étranges règles. Elle avait commencé par répondre à la tromperie par une tromperie ; contre ce chromo bariolé qui n'avait rien d'un cadeau, elle avait promis une attention, un intérêt que la marchandise ne lui inspirait nullement. D'autres attentes étaient nées en elle, une source d'espoir solitaire avait été touchée par ce jeune homme blond, par ce visage radieux et désinvolte ; elle ne ressentait pas la gêne qui s'emparait habituellement d'elle en compagnie de gens de son âge, elle avait l'impression que c'était déjà une vieille connaissance appréciée. Pourtant, son intérêt prétendu la mettait dans une position fausse, et elle répugnait à reconnaître sa crédulité première et sa feinte actuelle. Elle se débattit dans ses contradictions, puis fut frappée par le côté ridicule de ce qu'il venait de dire : il étudiait les beaux-arts, mais il avait fait l'éloge de cette gravure criarde. Elle ressentit le vif désir de lui montrer qu'elle était une personne à part entière, pour le mettre dans son tort.

« Vous êtes étudiant en art ? demanda-t-elle avec audace.

— Oui, dit le jeune homme, en la regardant pour la première fois avec une certaine agressivité. Oui, je suis réellement étudiant en art. Et alors ? »

L'entrevue semblait imposer ses propres conditions ; elle était obligée de le rencontrer sans se laisser obnubiler par sa présence ou par l'idiotie de ce qui se passait. Indignée, Stella releva la tête, qu'elle avait baissée pour contempler la gravure. « Mais vous m'avez dit que c'était magnifique, et ça ne l'est pas du tout. C'est affreux. » Comment osait-elle être si téméraire, si monstrueuse ?

Cette effronterie fut couronnée de succès. Le jeune homme se renfonça dans le canapé et éclata violemment de rire. Cela l'amusait tellement, il trouvait cela si drôle, que Stella, tout à coup sûre d'elle, dut sourire avec lui. Elle sentait naître en elle un pouvoir dont elle n'avait jamais fait l'usage, une excitation un peu grisante.

« Miss Tarrant, vous êtes fabuleuse. Par quel miracle suis-je tombé sur vous ? » C'est à lui-même et non pas à elle qu'il posait la question, mais un plaisir bref et inattendu s'éleva dans le cœur de Stella comme l'aile d'un oiseau.

« Comment connaissez-vous mon nom ? » demanda-t-elle, se sentant toujours audacieuse, voulant s'assurer qu'il avait conscience de son existence, qu'il réagirait à sa témérité. Elle avait été surprise de s'entendre appeler par son nom. C'est ce qui avait fait démarrer ce curieux entretien, c'était la seule chose qui avait aussitôt fait du jeune homme un être connu d'elle.

Il tourna les yeux vers elle et examina son visage d'un air qui la mit mal à l'aise, alors que son regard n'avait rien d'hostile.

« Échec, finit-il par dire. D'accord, si vous voulez savoir, j'ai simplement demandé aux voisins : "Qui habite là ?" et ils m'ont répondu : "Les Tarrant." C'est facile quand on sait s'y prendre. Technique de vente standard. » Sa voix était amusée, teintée d'ironie.

« Mais vous avez fait comme si vous me connaissiez », protesta Stella. Elle se sentit blessée, abandonnée ; l'afflux de sang dans ses veines fut arrêté, contrecarré. Elle souhaitait désespérément que leur rencontre ne se réduise pas à si peu de chose. Elle voyait qu'il avait profité de la situation d'une manière qui, après tout, n'était pas très juste, qui faisait même froid dans le dos. « Je ne trouve pas ça très honnête. »

Le jeune homme eut un rire incrédule ; cette fois, il se moquait ouvertement d'elle. « Mais dites-moi, ricana-t-il en la regardant du coin de l'œil, pourquoi donc voudriez-vous que je sois honnête ? Vous croyez que les gens ouvrent leur porte aux représentants en les priant d'entrer? Bien sûr que non. Pas dans le monde barbare où nous vivons! Personne n'a envie de me voir, personne n'a envie de m'écouter. Mais je n'ai pas eu grand mal à entrer ici, pas vrai?

— Vous m'avez trompée», répéta obstinément Stella, regrettant de trouver si charmante la présence du jeune homme à ses côtés, de ce corps ferme et vif, bien carré sur le canapé, les yeux fixés sur elle. Mais il lui donnait l'impression qu'elle n'était qu'une cliente parmi tant d'autres. Et de fait, il avait bien profité de la situation! «En tout cas, ajouta-t-elle sèchement, décidée à balayer devant sa porte et à renoncer à tout mensonge, moi, je vais être honnête avec vous: je n'ai aucune intention d'acheter un de vos magazines.

— Nouvel échec, dit le jeune homme, en lui adressant un sourire de défi qui lui coupa le souffle. Dites-moi, comment auriez-vous su que je vous avais trompée pour entrer ici si je n'avais eu l'honnêteté d'avouer?» Il éclata de rire. «C'est toujours ma nature délicieusement franche et ouverte qui me fait échouer, et voilà que ça recommence. Vous refusez de m'acheter un magazine parce que j'ai été assez honnête pour vous dire la vérité. Vous ne trouvez pas ça plutôt amusant?» Il la regarda d'un air narquois.

«En un sens, vous avez raison», dit péniblement Stella, sentant que son discours était encore en partie trompeur, qu'il déformait la réalité, qu'il exerçait sur elle une pression abusive. Elle voyait qu'elle ne s'était pas totalement débarrassée de ses propres mensonges et que, tant qu'elle n'y serait pas parvenue, elle serait en position d'infériorité face à l'ironie dont il usait à son propre égard. « La raison pour laquelle je ne vous achèterai aucun magazine, dit-elle d'une voix solide et boudeuse, les yeux baissés, c'est que je n'ai pas du tout d'argent. Et mes tantes n'imagineraient jamais de s'abonner. Elles piqueraient une sacrée crise, ajouta-t-elle en retombant dans un langage d'écolière, si elles savaient seulement que je vous ai parlé.

— Eh bien, dit-il d'un ton ragaillardi, maintenant toutes les cartes sont sur la table. Qui s'est moqué de qui ? Vous saviez que vous n'aviez pas les moyens, mais vous m'avez laissé vous faire tout mon *speech*. » Il la taquinait, c'était une taquinerie gentille, mais il lui faisait peur ; il en avait trop vu. Et s'il avait entraperçu toute sa faiblesse, tout l'espoir qu'il lui inspirait ?... Pourvu qu'il ne devine pas ce que j'ai pensé d'abord ! supplia-t-elle dans sa terreur.

« Ça ne s'est pas passé comme ça, insista-t-elle, sur la défensive. Vous ne m'avez pas laissée en placer une. Vous continuez à vouloir faire passer les choses pour ce qu'elles ne sont pas. » Elle restait boudeuse. « Et puis, qu'est-ce que c'est qu'un *speech* ? » demanda-t-elle, pour s'éloigner d'un sujet qui l'embarrassait et l'attristait.

« Honnêtement », et cette fois, il avait les yeux brillants et pleins d'une affection différente pour elle, « j'ai du mal à vous croire mais j'admets que vous soyez sincère. Vous ne savez vraiment rien ? Vous n'avez jamais entendu parler des discours des représentants ? Vous imaginiez que j'inventais au fur et à mesure tout ce que je vous racontais ? On apprend ça par cœur, ma petite, dit-il, devenant trop vite familier. On suit un cours de technique de vente et on doit répéter chaque mot. C'est mécanique. Ils nous font passer des examens. »

Stupéfaite, Stella recula un peu devant tant de familiarité. Avec ses mains, il rassemblait ses fiches, mais avec ses yeux, il la regardait de trop près. Il avait une idée derrière la tête, il avait cet air qu'aucun homme n'avait encore eu en sa présence mais qui lui était pourtant trop connu, cette grossièreté indiscrète qui rappelait l'expérience de Doris. Stella avait envie de détester cette façon dont il la regardait, mais pas de le repousser totalement, pas de mettre fin à tout l'entretien. Elle ne voulait pas qu'il ne lui arrive plus jamais rien alors que les longues journées se terminaient dans sa solitude coutumière.

« J'aurais horreur de ça, déclara-t-elle d'une voix distante, si je devais convaincre les gens sans penser un mot de ce que je leur dis.

— Écoutez, répondit-il en se tournant pour lui faire face, sans rien perdre de l'ascendant qu'il avait sur elle, nous vivons dans un monde sans pitié, Miss Tarrant, et chacun essaye de s'en sortir. Personnellement, j'ai l'intention d'en tirer le maximum avant de tout arrêter, alors je me sers de mes atouts. J'ai une personnalité agréable. » Il lui adressa un sourire malin, méchant. « Vous ne trouvez pas que ma personnalité est agréable ? »

Tant d'impertinence ne devait pas être prise comme une attaque personnelle. Stella rougit, tenta de rassembler ses forces pour se dégager de l'empire de ce regard. Elle s'obligea à écouter sa question et à réfléchir à sa personnalité. C'était vrai. Il avait un charme désinvolte et puissant auquel elle était tout à fait sensible.

« Oui, vous avez raison », articula-t-elle froidement.

Il éclata de rire à nouveau. Il riait beaucoup. « Alors pourquoi ne pas m'en servir. C'est comme ça que ça se passe. J'arrive à ce que les gens m'écoutent avec plaisir, et moi ça m'amuse. Je les embobine ? Mais tout le monde roule tout le monde, j'ai l'impression. Et je m'en sors plutôt bien. Beaucoup de gens aiment qu'on les roule dans la farine. Je leur vends du rêve : tout savoir des stars de cinéma pour trente-cinq dollars par an. Je leur donne ce qu'ils veulent. Bien sûr que je leur mens ! Ma règle, c'est de dire la vérité quand il faut, mais de mentir de mon mieux pour la recouvrir. »

Il avait l'air de l'appâter délibérément, et cette fois il avait réussi. Stella était choquée et, maintenant que sa conscience était nette et sa déception dissimulée, elle pouvait ressentir une indignation vertueuse. « Mais vous ne pensez rien de ce que vous dites ? »

Il trouva comique cette protestation. « C'est mécanique, pour l'essentiel, mais évidemment, il faut adapter selon les personnes, il faut voir comment on peut les mener en bateau. Il faut avoir un talent naturel pour ça. » Une fois encore, sa suffisance avait quelque chose d'insultant. Elle voyait qu'il était satisfait des traits de caractère qu'il décrivait en lui, car il la regardait d'un air détendu et indulgent.

« Vous voulez dire que vous devinez comment tromper les gens comme moi ? » Cette question la blessait, c'était une épine dans la chair de son orgueil, mais son désir de savoir l'obligeait à la poser.

« Bien sûr. Pour toutes sortes de gens. Il ne faut pas vous froisser. Souvent, on nous dissuade d'entrer quand il n'y a qu'une jeune fille à la maison ; ça peut mal tourner. Mais vous, ça va, vous êtes une fille intelligente. Disons que ça me flatte de voir jusqu'où je peux vous mener.

— Quand vous dites que je suis intelligente, ça fait partie de votre programme ? » Stella fut de nouveau troublée par l'incertitude qui régnait en elle. Pourquoi, alors qu'elle n'avait que méfiance et dégoût pour tout ce que lui racontait ce jeune homme sur son propre compte, devait-elle se sentir attirée par le simple fait qu'il était là, et même séduite par la franchise avec laquelle il confessait sa dépravation ?

Il ne fut pas déconcerté par sa question. « Bien sûr. Tout ça, c'est pour vendre. Enfin, pas entièrement. Mon bla-bla sur les chutes du Niagara, vous n'y avez pas cru une seconde, hein ? J'avais compris. À ce moment-là, c'est vous qui meniez, vous vous taisiez pour voir jusqu'où j'irais, pas vrai ? Si je n'avais pas vu clair, c'est moi qui aurais été roulé. Et c'est vous qui parlez d'honnêteté ?

— Vous déformez tout», dit Stella avec rage, réellement prise au piège qu'elle était stupéfaite d'avoir échafaudé pour elle-même.

«C'est juste que vous ne voulez pas le reconnaître», la gronda-t-il en se moquant d'elle; mais son œil pétillait et elle ignorait de qui il riait. «L'ennui, c'est que vous voudriez vous donner bonne conscience. Mais vous ne savez pas que la vertu, ça n'intéresse personne? Oh! je sais bien que tout le monde fait semblant de l'admirer, tout le monde prétend en avoir, mais s'il fallait vraiment être vertueux, ça ne serait pas drôle. Alors pourquoi vouloir vous faire illusion à vous-même?»

Tout en l'écoutant, en soupesant ses paroles, Stella découvrait de nouvelles réalités, une lumière illuminait lentement son esprit. C'était la vérité sur son propre compte: sa vertu n'avait été qu'une feinte, elle l'avait défendue d'autant plus furieusement qu'elle voulait se masquer la tache de sa perfidie innée, se cacher à elle-même sa vraie nature. Elle était sous le choc. Si loin qu'elle aille dans les tréfonds de son esprit, trouverait-elle jamais le moi essentiel, le cœur de sa personnalité?

«En fait, je suis relativement honnête», reprit le jeune homme. Il rit à nouveau. «Je connais tous mes défauts et je les cultive. Et je vais vous dire, la seule chose qui compte, c'est de voir clair.

— C'est aussi mon avis, insista Stella, dans la franchise de cette nouvelle honnêteté qu'elle apprenait. Je vous assure, c'est aussi mon avis. J'admire cela en vous, mais…

— Mais vous aimeriez mieux que je mente et que je prétende avoir de nobles pensées. » Il portait sur elle un regard moqueur, vaguement accusateur.

Elle fut outrée. Elle était en terrain peu connu, et une fois encore il s'approchait trop près d'elle.

« Qu'y a-t-il de mal dans les nobles pensées ?

— D'accord, ma petite, vas-y, tu peux en avoir autant que tu veux, ou faire semblant d'en avoir. Si tu as envie d'être sérieuse à ce point-là. » Ses propos faisaient l'effet d'un haussement d'épaules, mais ses yeux lui lançaient le défi de sa liberté masculine.

« Je crois en effet qu'il faut être sérieux », répliqua Stella, abasourdie par cet être paradoxal, mais désirant intensément se faire comprendre, lui faire voir... Elle se sentait un peu désemparée. Si seulement il la laissait faire, elle arriverait à se révéler comme son égale, elle l'affronterait sur un terrain où il ne la mépriserait pas. « Je pense que la vie doit être sérieuse, et tout à fait merveilleuse... – son visage devenait superbe d'intensité sévère – et tout à fait réelle, balbutia-t-elle, en cherchant ses mots, qu'elle devinait prétentieux et inadaptés. Vous savez ce que je veux dire... avec tout ce qu'il y a, tout le temps ? Ça devrait être merveilleux. La vie ne devrait pas toujours nous enfermer en nous-mêmes comme elle le fait. Je pense que partout où l'on va, eh bien, il devrait y avoir des portes qui s'ouvrent... » Elle s'interrompit, se sentant intense, pleine de souffrance.

Il la regardait avec un intérêt qui la désarçonnait physiquement, qui était étrangement englobant et intime.

« Alors, qu'est-ce que vous avez pensé, ma jolie,

demanda-t-il d'une voix soudain paresseuse, quand la porte s'est ouverte et que vous m'avez trouvé là ?

— Vous ne m'avez pas laissé le temps de penser », répondit-elle. Il l'avait appelée *ma jolie*. Elle baissait la garde, le cœur battant à cause de cette question personnelle qui reconnaissait son existence, à cause du ton nouveau de sa voix. « J'ai pensé que vous étiez gentil, avoua-t-elle, tout émue. Sinon, je ne vous aurais pas laissé entrer.

— Je vous ai plu ? »

Voilà qu'autre chose se produisait. Voilà que l'attraction personnelle de sa voix devenait tout pour elle ; cette puissance masculine s'alliait à la candeur de la jeune fille et l'obligeait à répondre.

« Oui, je pense bien. » Stella gardait les yeux baissés. En la contemplant, alors qu'elle résistait vaillamment à l'autre bout du canapé, il vit la conscience de sa féminité réchauffer sa timidité adolescente, la grâce posée de ses bras minces, la courbe de son cou.

« Et à présent, maintenant que vous désapprouvez entièrement ma conduite ? Je vous plais toujours ? » Sa voix était presque insolente, mais ses yeux reflétaient une assurance, ils la défiaient, ils l'obligeaient à répondre. Ils exerçaient sur elle un pouvoir.

Le visage de Stella était brûlant. Elle perdait pied, terrifiée par la chair vigoureuse de l'homme et, malgré elle-même, désireuse qu'il se passe quelque chose. « Oui, vous me plaisez toujours. »

Il eut un rire grave, mi-ironique, mi-flatté. « D'accord, poupée, je suis content de te plaire. » Il réfléchit un instant, puis la regarda avec une familiarité impudente. « Et quand tu m'as laissé continuer, au lieu de dire d'un air pincé : "Pas d'abonnement, merci" et de me montrer la porte, oui, tu me poussais, en fait, pourquoi ? »

Stella avala sa salive, s'empourpra à nouveau ; sa honte était étalée au grand jour. Elle était vaincue par l'intelligence pénétrante et dominatrice de cet homme, mais comprenait peu à peu qu'il aimait la voir perturbée, qu'il aimait la savoir hypocrite, qu'il se servait de sa confusion pour les réunir en une proximité étrangement ardente. Elle se mit à regarder ses mains. « Je voulais que vous restiez », dit-elle à voix très basse. Cet aveu ouvrait les portes, c'était la reddition de son intégrité si bien gardée.

Il eut de nouveau un ricanement grave, de simple satisfaction, cette fois. « Eh bien, qu'est-ce que tu dis de ça ? » dit-il doucement en se parlant à lui-même. Il tendit la main pour s'emparer de celle de Stella. « Alors, ajouta-t-il d'une voix désinvolte, j'imagine qu'il faudrait que je m'en aille et que je me remette au travail. » Mais il ne bougeait pas. Ses yeux, réjouis et oppressants, indiscrets, étaient puissamment conscients de la présence de la jeune fille. « Et si tu embrassais oncle Donald ? Hein ? » Sa main, posée sur celle de Stella, était immense, toute proche. Cette certitude physique mettait la jeune fille en garde, mais elle ne souhaitait pas qu'on la mette en garde.

« Oh ! non », dit-elle instinctivement. Mais quelque

chose en elle acquiesçait, irrésistiblement. Quelque chose en elle remonta jusqu'à la surface et s'exhiba dans toute l'euphorie hautaine de l'abandon conscient, et elle se mit à réagir avec une sorte d'exultation et de culpabilité folles. Il remonta la main sur son bras, elle répéta « non », mais son cœur bondissait douloureusement. Pendant un bref instant, elle leva les yeux vers les siens et dit oui. Puis les bras de l'homme l'enlacèrent et sa bouche se mit à bouger sur la sienne.

La manière dont il la touchait n'était pas ce à quoi elle s'était attendue ; c'était un contact sans délicatesse. Il y avait quelque chose de brutal et de grossier dans la façon dont il l'avait saisie, et elle fut étonnée par l'agressivité de ses grosses mains posées sur elle, elle fut étonnée de le trouver aussi étranger, plein de présomption physique. La bouche de l'homme revint sur la sienne, sauvagement, et aussitôt tout prit un tournant désastreux. Son grand corps mâle empestait la chaleur animale. Et sa bouche… cela ne ressemblait absolument pas à ce qu'elle s'était imaginé. Ce baiser n'était pas un tendre contact, les lèvres de l'homme étaient molles et gluantes, elle sentait sa langue bouger contre ses dents. Il avait le souffle court. Elle fut parcourue d'un frémissement, toute sa clarté virginale s'enflamma de peur. Elle recula et tenta de l'éloigner en mettant les mains en avant. Avec dédain, d'une seule main, il lui saisit les poignets et les tordit pour la rapprocher de lui. De l'autre main, il défit les boutons de son corsage et lui saisit les seins, en violation flagrante de son intimité physique, et elle se mit à se débattre avec une frénésie aveugle, en secouant les mains, en martelant de coups de poing sa poitrine et son visage rouge, haletant. Dans l'esprit de Stella, un hurlement de terreur commença et se poursuivit interminablement. Elle finit par se dégager, glacée jusqu'aux os et absolument terrorisée, tandis qu'il la tenait toujours, qu'il maintenait son emprise sur elle, qu'il continuait son exploration grossière. Elle lui frappa les bras.

Tout à coup, il la lâcha. Il la regardait d'un air noir, le visage relâché et plein de laideur. Furieux, il dit : « D'accord, fillette, si c'est ça que tu veux. Mais la prochaine fois, demande pas, si t'es pas prête. »

Le soleil qui, en ce début d'après-midi, se répandait, métallique et entier, cernait la silhouette de l'homme en colère dans un rayon dur de lumière cuivrée mais laissait Stella recroquevillée dans l'ombre, choquée et rageuse. Ils se levèrent tous deux, chacun de son côté, se dévisageant avec une haine et un antagonisme violents.

Stella frissonna et rassembla les deux pans de son chemisier. Elle continuait à trembler, presque épuisée, prête à fuir.

« S'il vous plaît, sortez, murmura-t-elle à travers ses lèvres exsangues. Allez-vous-en. Tout de suite. »

Il l'examina durement, reprenant ses esprits, immobile, et finit par ricaner. « T'as quel âge ?

— Seize ans », dit-elle, comme si elle était contrainte de répondre. Il fit une grimace et commenta : « C'est ma faute », avec son ironie antérieure. Il se pencha pour ramasser les fiches et tenta de défroisser l'image des chutes du Niagara, qui s'était pliée et tordue dans la bagarre.

« Tu la veux ? » demanda-t-il en la lui tendant comme s'il se moquait de lui-même autant que d'elle. Faute de pouvoir prononcer un mot, elle se contenta de faire signe que non, et il ajouta cruellement : « Je pensais que tu aurais envie d'un souvenir. »

À la porte du salon, il se retourna et la regarda, le visage dur et moqueur. « Je ne suis pas non plus étudiant aux beaux-arts », dit-il. La porte de la pièce se referma derrière lui et, un instant après, elle entendit claquer la porte principale.

Titre original : *The Midas Tree.*
Publié en 1956 dans la revue *Woman's Days*.

Solitude

Car de la sorte, et c'est un paradoxe
Réconfortant malgré son ironie,
La vie réussira en semblant échouer.

Robert Browning,
« Le rabbin Ben Ezra »,
Dramatis Personae (1864).

Il était cinq heures et les ombres bleuissaient dans ce salon tout en longueur. Alice Arnold se demandait, gênée, si elle pourrait allumer un feu dans l'âtre où le petit bois disposé avec soin attendait comme une maisonnette de rondins, derrière le cuivre luisant des chenets, mais Mrs. Tevis s'affairait encore, le chiffon à la main ; elle soulevait avec des précautions infinies les porcelaines de Dresde sur la cheminée, les effleurait à peine avec le morceau de tissu et les replaçait avec une précision hésitante, reculant d'un pas, la tête penchée, pour vérifier leur position (comme une petite poule maigre et plumée, pensait Alice). Puis, avec un hochement de tête assuré, elle traversa lentement la pièce, chaussée de ses grosses galoches, et s'approcha de l'éléphant de bronze placé sur le porte-cendrier de Robert pour lui donner un imperceptible coup de chiffon, tendre et bref, de sa vieille main tremblante.

Elle y aura passé tout l'après-midi, songea Alice, en explorant des yeux tous les recoins de la pièce où, à coup sûr, le plancher n'avait pas été ciré ni même balayé. Pourquoi diable Maud ne l'avait-elle pas prévenue ? Mais il y avait dans son regard, tandis qu'elle suivait l'errance de Mrs. Tevis et du chiffon, plus de perplexité que d'irritation. Je la paye pour une journée entière, se dit-elle, et elle fut surprise de découvrir, en inspectant la pièce à moitié nettoyée, que cette pensée renfermait plus d'affection – oui, c'était presque de l'affection, vraiment – que d'agacement.

Quand Maud avait appris que leur efficace Lydia avait été appelée pour deux semaines au chevet d'une sœur malade, elle avait réfléchi un instant puis avait lancé vivement : « Évidemment, tu peux toujours demander à Mrs. Tevis. Elle a bien besoin qu'on lui donne du travail, la pauvre. Et elle est si gentille, je t'assure, malgré tout… »

Ce « malgré tout » aurait dû servir d'avertissement, pensa Alice, mais Lydia était déjà partie depuis trois jours, et la maison était sens dessus dessous ; Mrs. Tevis était donc venue. À neuf heures, la sonnerie avait annoncé son arrivée, peu après le départ de Robert pour le bureau, et Alice avait été totalement prise au dépourvu par cette minuscule petite bonne femme emmitouflée, que ses vêtements semblaient envelopper par couches superposées plutôt qu'habiller, dont les jupes longues (car il devait y en avoir plusieurs, on voyait pendre les ourlets, les uns en dessous des autres : une, deux, trois) n'étaient pourtant pas assez longues pour dissimuler d'énormes godillots, comme des caoutchoucs fendillés, avec des crochets métalliques cassés pendant au cou-de-pied. Elle ne s'était pas déchaussée de toute la journée, et elle traînait les pieds si lourdement qu'Alice en était venue à se demander si elle avait des chaussures par-dessous. Absurde, bien sûr, mais cela paraissait vraiment…

Mais le visage de Mrs. Tevis n'autorisait pas la pitié. Mrs. Tevis était gracieuse. Sa jolie petite bouche pincée, avec son accent britannique très travaillé ; ses yeux pâles, aimables et vagues, mais dont le désespoir familier s'exprimait dans le parcours hasardeux qu'ils suivaient à travers la pièce, en se posant à peine sur le visage d'Alice ; les plis et replis de chair desséchée, tombant du menton sec, qui n'avait que la peau sur les os ; ses toutes petites mains tordues que l'âge avait couvertes de taches brunes : tout cela était réuni par une sorte de force distante, de distinction fanée, par le murmure de salons lointains et depuis longtemps éteints, qui plaçait tout à coup Alice en position d'infériorité.

« Eh bien, que puis-je faire pour vous, Mrs. Arnold ? » avait demandé Mrs. Tevis, après avoir déballé les couches externes de son nid de vêtements : d'abord un imperméable brun, informe, dont le devant avait été replié dans le dos et rattaché à droite au passant de ceinture laissé vide à l'aide de ce qui avait peut-être été un lacet, puis une veste d'homme en tweed trouée aux coudes. Alice, vaguement troublée, s'était surprise à mener Mrs. Tevis dans la cuisine où, renonçant à son projet de lui faire d'abord laver le sol, qui en avait pourtant désespérément besoin, elle avait apporté l'argenterie, la crème et le chiffon pour l'astiquer.

« Puis-je m'asseoir ici ? » avait demandé Mrs. Tevis, en désignant d'un geste vague la table encore encombrée, et Alice se surprit à rassembler en hâte les assiettes sales, ramassant une poignée de couteaux, de fourchettes et de cuillers, et, dans la même main, le pot à lait qui penchait dangereusement, pour les emporter vers l'évier.

« Je vous en prie, madame, ne vous pressez pas à cause de moi », avait doucement insisté Mrs. Tevis, les paumes reposant très délicatement sur ses genoux maigres ; les mains pleines, Alice sentit tout à coup monter en elle un ensemble d'émotions où se mêlaient la joie, l'exaspération et un ravissement infime, presque inavoué.

« Charmant, dit gravement Mrs. Tevis, dont les petites mains voltigeaient au-dessus de l'argenterie. Quel joli motif ! » Elle prit une cuiller et se mit à en tapoter le manche avec une goutte de crème. « Quel dommage…, poursuivit-elle, après un silence pendant lequel cette même cuiller avait reçu une caresse prolongée et presque féerique sur son creux, quel dommage que l'argenterie moderne soit si mince. Quand j'étais enfant, nous avions à la maison de belles cuillers bien lourdes. »

Les avant-bras plongés dans la mousse de l'évier, Alice eut un mouvement de recul et se demanda pendant une seconde si la vieille dame avait conscience de son ton condescendant. Sans doute pas, pensa-t-elle. C'est inné, elle me remet à ma place sans même le vouloir. Je suis décidément une bourgeoise : c'est curieux comme elle vous le fait sentir, alors que, dans ce pays, nous n'imaginons même pas appartenir à la bourgeoisie. Elle jeta un coup d'œil vers la tête grise penchée par-dessus la table, ces cheveux très minces qui formaient des boucles folles autour des tempes et du front (le fer à friser, impossible autrement) et le visage serein, ratatiné, dont la peau ridée était à peine plus qu'une ombre par-dessus le squelette clair, le nez droit et élancé, les narines ramollies… le grotesque tas de vêtements. Qu'elle est comique, vraiment ! songea-t-elle. Mais Maud avait raison : elle est adorable, il n'y a pas à dire.

L'astiquage de l'argenterie se poursuivit, presque sans progrès apparent. Mrs. Tevis replaçait chaque couvert nettoyé dans sa boîte avec une sollicitude attentive, ses doigts tremblants restaient suspendus au-dessus de chaque fourchette ou cuiller dans un geste de bénédiction vacillante, un instant de plaisir et de détente dont il fallait jouir avant de passer calmement à la pièce suivante.

Ce matin-là, tout en lavant le carrelage de la cuisine à genoux («Voyons, je vous en prie, ma chère Mrs. Arnold, laissez-moi me lever, pour que vous puissiez passer la serpillière ici. Je ne voudrais surtout pas être une gêne pour vous»), Alice en apprit beaucoup sur le passé de Mrs. Tevis; ou plutôt, elle collecta des fragments de richesse, de minuscules bouquets de réminiscences, qu'elle tenta de rassembler. À une époque, Mrs. Tevis devait avoir évolué dans des cercles distingués; de grands noms émaillaient ses phrases soignées, avec une familiarité mélancolique qui ne pouvait avoir simplement pour but d'impressionner son auditoire: ils semblaient émerger doucement du passé et tournoyer autour de sa vieille tête absurde, comme une brume dans laquelle les personnages dansaient, vivants.

«Nous étions chez ce cher John, Mr. Galsworthy. Sa mort fut pour nous un coup terrible.» Puis un soupir, pendant que les mains desséchées survolaient le bord des couverts… «Cette année-là, à Aix, nous avons vu Cézanne plusieurs fois. Il paraissait si vieux. Je suis sûre qu'il ne se doutait pas qu'il allait mourir si peu de temps après. Il m'a montré des choses tellement merveilleuses sur les couleurs, et sur les formes aussi. Je peignais, en ce temps-là, voyez-vous. Pourtant, il était bien souvent de mauvaise humeur. Un jour, il m'a dit des choses absolument délicieuses. Je m'étais étonnée qu'il fasse tant d'esquisses au même endroit, et il a répondu: "Vous n'avez qu'à tourner un peu la tête, et tout devient frais." N'est-ce pas que c'est superbe?

Avec Nevin, mon cher époux, nous nous sommes souvent répété ces mots: "Vous n'avez qu'à tourner un peu la tête, et tout devient frais." » Elle sourit, et Alice fut surprise par la jeunesse qui éclairait son visage pointu. Il lui fallut trois heures pour faire l'argenterie.

Après le déjeuner, qu'Alice prépara et que sa femme de ménage consomma avec la même prévenance, la même élégance fragile, Alice devint ferme et demanda à Mrs. Tevis de faire la vaisselle.

« Mais, ma chère, j'en serais ravie. Je vous en prie, laissez-moi faire. »

Mrs. Tevis passa une heure absorbée par l'écume de l'évier, tamponnant délicatement chaque assiette et chaque tasse, par petites touches affectueuses qui ne semblaient pas vraiment les nettoyer. Puis Alice, évaluant l'emploi du temps probable de l'après-midi, lui demanda si cela la dérangerait beaucoup de nettoyer le salon, lui laissa une poignée de balais, de chiffons, de crème à reluire et de liquide pour les vitres, de brosses et de cire, et prit la voiture pour aller passer deux heures en ville, escapade qui s'imposait.

À cinq heures, Mrs. Tevis était encore au travail. Ces vieux godillots avancent aussi lentement que les années, songea Alice, mais ses mains se dépêchent; elles vont si vite, avec une hâte si tremblante, et pourtant on dirait qu'elle ne touche jamais les objets dont elle s'approche. Je me demande si elle a fait quoi que ce soit.

On sonna à la porte. Mrs. Tevis suspendit ses déambulations et s'immobilisa avec un sourire.

« Ce doit être Mr. Tevis qui vient me chercher, je crois. » Elle regarda tranquillement les ustensiles de nettoyage qui encombraient encore le salon. « Je me demande, chère madame, si vous voudriez bien m'aider à faire disparaître toutes ces choses. La pièce n'est guère présentable pour y accueillir un gentleman, n'est-ce pas ? » Son sourire était assuré et Alice vit qu'elle était devenue tout à coup très heureuse. Très vite, comme des conspiratrices, elles rangèrent tout le matériel dans son placard.

Alice accueillit Mr. Tevis à la porte. C'était un grand vieillard, d'une beauté étonnante, aux joues rouges comme des pommes, aux yeux bleus pleins d'une candeur enfantine. Il arborait une barbiche soignée, très blanche, qui lui donnait un air distingué, et il était plutôt bien habillé, sa cravate était neuve, son linge immaculé, le col de sa chemise fraîchement empesé et nettement plus haut que ce que l'on portait de nos jours. Son air, car il avait incontestablement un air… Alice écarta le mot « bravache » pour retenir « chevaleresque », qui convenait mieux, mais il y avait des deux en lui. Il prit la main qu'elle lui tendait et se pencha par-dessus.

« Voici donc Mrs. Arnold. Quelle charmante enfant vous êtes ! »

Sans attendre, il tourna la tête, jeta un coup d'œil dans le salon où Mrs. Tevis l'attendait, debout, et la héla d'une voix gaie et chaude :

« Bertie, Bertie mon amour, vous êtes bien là, n'est-ce pas ? Eh ?

— Vous ne voulez pas entrer ? » se surprit à demander Alice.

Mr. Tevis se pencha vers elle, radieux. « Une petite visite ! » cria-t-il, et elle remarqua que sa voix était virile, profonde, mais totalement dépourvue de malice. « Je ne fais que passer. Ravissant, ravissant. Bertie, ma chérie, un bon siège pour vous. Mais oui, un bon siège. Vous en avez besoin. Vous semblez fatiguée. » Il avança un fauteuil jaune capitonné et Mrs. Tevis s'y assit, son visage affichant un air de calme satisfaction.

« Délicieuse maison que la vôtre », déclara Mr. Tevis en étendant ses longues jambes devant le canapé-lit. Alice vit que ses souliers étaient en mauvais état : ils étaient cirés, mais les talons étaient usés et la semelle était percée. « Je parlais justement de vous, les jeunes, l'autre soir. Avec Eli Strohman. Vous le connaissez, hein ? » Eli Strohman était un des plus éminents collectionneurs et amateurs d'art de la ville. Les jeunes Arnold (Robert était en train d'établir sa réputation d'architecte) le connaissaient à peine.

« Oh ! nous lui avons déjà adressé la parole », dit Alice.

Mr. Tevis remonta les jambes et se pencha vers elle par-dessus ses genoux. Sa voix diminua d'intensité pour se faire plus intime.

« Il a une excellente opinion de votre jeune époux, ma chère. Une excellente opinion. »

Alice commençait à ressentir un léger malaise, presque un soupçon, face à ces vies un peu trop extraordinaires pour être vraies qui se déployaient autour d'elle. Galsworthy, Cézanne, Strohman… À cet instant, elle fut perturbée par le bruit de la clef de son mari tournant dans la serrure et il la trouva installée dans le salon avec les Tevis. Les deux hommes se serrèrent la main.

« J'étais en train de raconter à votre épouse, dit gaiement Mr. Tevis, que quelqu'un m'a parlé de vous deux hier soir. Eli Strohman.

— Vraiment ? » fit Robert Arnold. Il lança un bref regard à sa femme et remarqua l'expression suppliante de son visage, malgré le pétillement qui finit par apparaître dans ses yeux. Il lui rendit son sourire. « Que dirais-tu d'un cocktail, Allie ? Tu ne penses pas que Mr. et Mrs. Tevis se joindraient à nous ?

— Très bonne idée », acquiesça Mr. Tevis, en agitant sa magnifique crinière blanche et en réunissant les mains en un geste d'approbation. Mais Mrs. Tevis murmura, presque inaudible : « Oh ! rien d'aussi fort, je vous en prie. Un petit verre de sherry, peut-être ? » Elle dirigea vers Alice ses yeux pleins d'espoir. « Sans eau », ajouta-t-elle. Les Arnold échangèrent à nouveau un regard.

Alice était dans la cuisine, où elle avait préparé une assiette de canapés, avait rempli le verre de Mrs. Tevis et secouait une dernière fois les cocktails lorsqu'elle se rendit compte que sa femme de ménage l'avait suivie. Elle vit que les petites mains tachetées s'étaient remises à trembler, puis Mrs. Tevis chuchota : « Je me demande… » Elle s'interrompit, hésitante, puis reprit : « Je me demande… » Alice garda le silence, le shaker immobile entre ses doigts, et attendit. La bouche de Mrs. Tevis était devenue molle, mais elle se reprit. « Chère madame, dit-elle fermement, je me demande si vous pourriez m'accorder une grande faveur.

— Mais bien sûr, commença Alice. Du moins, si je peux...

— Ma chère », dit Mrs. Tevis. Elle se tut. « C'est assez difficile, n'est-ce pas. C'est à propos de l'argent.

— Ah ! s'exclama aussitôt Alice, un peu choquée. Je suis désolée. Bien sûr que je vais vous le donner. Je n'avais pas oublié. C'est seulement que les hommes sont arrivés quand vous travailliez encore. Bien sûr que je vais vous payer. »

Mais Mrs. Tevis n'avait pas fini. « Je crains que vous n'ayez pas bien compris. C'est si difficile. » Son regard croisa celui d'Alice et derrière ce vieux visage ravagé, au cœur de ces yeux pâles, comme blanchis par le temps, il y avait la peur, une crainte maladive. « C'est seulement, murmura-t-elle, que ce serait beaucoup plus agréable, pour Mr. Tevis, si vous me le donniez quand il n'est pas là. » Son souffle s'exhala comme le dernier soupir d'une bouilloire épuisée.

« Très bien, accepta Alice, un peu stupéfaite. Si vous voulez, je peux vous emmener dans ma chambre avant que vous partiez. J'y ai laissé mon porte-monnaie. Je n'allais pas vous oublier.

— Vous n'auriez jamais oublié, ma chère, dit gravement Mrs. Tevis. Vous êtes une bonne petite. » Ses mains recommencèrent à voltiger, indécises, et Alice dit très vite : « Je pense que vous seriez ravie de m'aider. Auriez-vous l'obligeance d'emporter ceux-là ? » en lui tendant l'assiette de canapés. Voilà que je me mets à parler comme elle, songea-t-elle lorsqu'elle pénétra dans le salon, en suivant la petite silhouette, avec le plateau où se trouvaient le shaker et les verres.

Robert avait allumé un feu dans la cheminée ; adossé au mur, il fumait sa pipe et écoutait Mr. Tevis. Celui-ci était dans son élément ; son visage distingué et haut en couleur était animé par le plaisir de la conversation, ses longues mains très blanches s'agitaient gaiement. Il était en Bretagne, nota Alice en servant les verres. Non, il était tout à coup à Paris, le Paris d'il y a bien longtemps ; mais le réseau de souvenirs qu'il tissait était plus léger, plus aérien que le petit écheveau dévidé ce matin-là par la mémoire de sa femme. Ils devaient y être allés, certainement, mais comme il brodait ! Les grands noms apparaissaient, brillaient et repartaient... Monet... Degas... Maurice Denis... Une pluie d'anecdotes, de petites touches personnelles, aussi habiles et éphémères que les poses d'une ballerine. Et ça recommençait... Renoir.

« Et Bertie ! » s'écria-t-il tout à coup en se tournant vers sa femme pour lui adresser une révérence respectueuse. Son air de fierté rendait son visage délicieux. « Elle était célèbre, vous savez. » Mrs. Tevis s'inclina en retour, comme un petit bouddha solennel, puis son mari repartit, vers Londres cette fois, où les noms qu'il citait étaient ceux d'écrivains, et le dôme en toile d'araignée se remit à flotter.

Alice regarda son mari. Tout allait bien, cela l'amusait, et elle se détendit afin d'apprécier la situation à son tour. Quel extraordinaire vieux bavard ! Il savait vraiment raconter les histoires ; sa voix, si heureuse, s'attardait avec plaisir sur tous les détails de ce passé lointain, les faisait revivre : les colonnades de marbre… la foule des rues londoniennes… la brume sur la Tamise, les navires à voiles. Elle sut, par une intuition soudaine, que c'était le seul adulte qu'elle ait jamais rencontré qui fût capable de ce bonheur enfantin, de cet abandon à l'instant présent, tout à son plaisir. La vie devait lui accorder tout ce qu'il désirait, pensa-t-elle. Tout. Puis elle contempla de nouveau les Tevis, leur allure incroyable, et se dit que tout cela était absurde.

Le vieillard était assurément un conteur extraordinaire. Le jubilé de Diamant… la reine Victoria. C'était dans les années 1890, non ? Mais quel âge avaient-ils donc ? Je me demande si elle est plus âgée que lui. Mon Dieu ! on lui donnerait bien vingt ans de plus que lui, mais ça n'est guère possible. En 1900, il devait bien avoir vingt ans ; plus cinquante, il a passé soixante-dix ans. Elle reprit le fil de son récit. Il a vraiment du charme. Je suis sûre qu'il ne cherche pas à se rendre intéressant. C'est sa simplicité que j'aime en lui, tout comme en elle j'aime… mais qu'est-ce que j'aime donc en elle ? Ce n'est pas facile à définir. Pourtant, je l'aime bien.

Par étapes prudentes et pleines de suspense, le récit de Mr. Tevis les avait entraînés dans les bureaux poussiéreux d'un illustre éditeur londonien où un manuscrit de Joseph Conrad attendait d'être lu, lorsqu'il s'interrompit brusquement.

« Bertie, ma bonne amie, s'exclama-t-il, le visage illuminé par un sourire éclatant, j'ai ici une surprise des plus amusantes, dont je ne vous ai encore rien dit. »

Mrs. Tevis se pencha vivement vers lui, son petit visage de squelette à la peau flasque rougissant comme celui d'une jeune fille.

« Nevin, ne me dites pas que vous avez trouvé quelqu'un ? »

Radieux, Mr. Tevis s'éclaircit la gorge d'un air triomphal. « C'est absolument extraordinaire ! » Il se tourna en confidence vers Robert Arnold. « C'est incroyable, ce qui peut vous arriver, n'est-ce pas ? Je ne m'en remets pas. » Il revint vers sa femme. « Ma chère, annonça-t-il lentement, j'ai un contact, une piste tout à fait sûre, chez Dunn et Harrington. » Tout excité, il retint sa joie en attendant la réaction de sa femme.

« Oh ! mon ami ! » soupira Mrs. Tevis. Elle souleva sa tête émaciée, curieusement ourlée de volutes, ferma les yeux et parut plongée dans une prière de gratitude.

« Dunn et Harrington, rayonnait Mr. Tevis. Absolument les meilleurs dans le monde de l'édition, vous êtes d'accord ? demanda-t-il à Robert Arnold, puis, sans attendre la réponse : Mais oui, mais oui. Ils savent faire vendre un livre, ces messieurs ! Des succès comme vous n'en avez jamais vu. Cinq cent mille exemplaires, ce n'est rien, pour eux.

— Mais, Nevin, comment... ?» Mrs. Tevis était impatiente, hors d'haleine.

« Attendez que je vous raconte tout, lança Mr. Tevis. C'est absolument incroyable ! Savez-vous que j'attends depuis des années une piste comme celle-ci ? dit-il aux Arnold. Un contact sûr ! Il faut toujours connaître quelqu'un dans la maison. Tout le monde a un manuscrit à caser. Tout le monde. Les livres s'empilent, par caisses entières. Que se passe-t-il ? Votre livre arrive chez l'éditeur sans aucune recommandation. Le manuscrit est confié à un quelconque sous-fifre, et il est refusé. L'éditeur ne l'a même pas regardé. Certaines des plus grandes œuvres de la littérature se sont promenées d'un bureau à l'autre pendant des années, comme des mendiants. Conrad est passé par là, vous savez. » Il se rassit, souriant ; les flammes de la cheminée projetaient des lueurs triomphantes sur ses pommettes, sur sa barbiche blanche comme neige, sur les pointes de son col.

« Mais laissez-moi vous raconter. Je n'en suis toujours pas revenu, de la façon dont c'est arrivé, vous savez. C'est le fruit du hasard, du plus pur hasard. » Il s'adressa à Mrs. Tevis : « Je me promenais par hasard sur les quais vers midi. Magnifique promenade au bord de l'eau ! Et je suis entré dans ce petit restaurant. Je n'y ai pas mangé depuis des mois. Je ne sais pas ce qui m'a poussé à y entrer aujourd'hui. Le destin ? On ne sait pas comment ces choses-là arrivent. Mais j'étais là. Et qui vient s'asseoir à côté de moi ? Qui, à votre avis ? » Ses yeux interrogèrent les trois visages qui l'entouraient, jouissant de cet instant de suspense. « L'ancien chauffeur de Ben Harrington ! »

Alice fut pétrifiée. Mais Mr. Tevis était heureusement inconscient de l'incongruité de ses propos.

« En personne. Le chauffeur personnel de Harrington, qui le connaît bien. Qui le connaît depuis des années. » Il se tourna vers Robert : « Vous êtes peut-être au courant de la manière dont les éditeurs gèrent leurs affaires, Mr. Arnold ? Savez-vous ce qu'ils font ? Ils reçoivent un manuscrit qui leur plaît, qui leur paraît très bien, mais dont ils ne sont pas certains. Vous diriez qu'ils le montrent à un critique littéraire, qu'ils demandent l'opinion d'un expert ? Mais non, pas du tout. C'est l'opinion du public qu'ils veulent. Du grand public. Alors ils confient le manuscrit à leur cuisinière ou à leur chauffeur. “Lisez cela. Dites-moi ce que vous en pensez.” Le chauffeur revient le lendemain matin, il n'a pas dormi de la nuit. “Mr. Harrington, je l'ai lu d'une traite. – Magnifique ! C'est le livre qu'il nous faut. Fixez la date de parution, envoyez-le tout de suite à l'imprimeur.” Mais oui, mais oui. »

Il y eut un silence complet. Alice n'osait pas regarder Robert. Elle préféra diriger les yeux vers Mrs. Tevis. Mrs. Tevis était penchée en avant ; son visage ravi, tendu vers son mari, était éclairé par la candeur la plus sublime, par une foi rayonnante, une joie entièrement nue. Le cœur d'Alice se serra et elle détourna les yeux, piquée par une douleur aiguë, comme mordue par la jalousie.

La voix de Robert rompit le silence. « Vous avez donc écrit un livre, Mr. Tevis ?

— Il est presque terminé, monsieur. Presque terminé. Enfin. L'œuvre d'une vie. N'est-ce pas, Bertie ? » Mrs. Tevis eut un sourire d'adoration secrète.

« Je me demande si vous seriez prêt… », demanda Robert ; Alice put à nouveau le regarder et vit que son visage avait pris un sérieux narquois. « Si vous seriez prêt à en dire un peu plus à deux étrangers ? De quelle sorte de livre s'agit-il ? Quel en est le sujet ?

— Question de profane, répondit Mr. Tevis avec indulgence. Oui, je suis prêt à vous en parler. Le sujet en est… » Il fit monter la tension au maximum. « … l'Homme !

— Ah ! dit Alice.

— Et maintenant, reprit Mr. Tevis en se dressant d'un coup sur ses pieds, je pense, ma chère, qu'il est temps de partir. Nous empêchons ces jeunes gens de dîner. »

Mrs. Tevis se leva et Alice s'exclama, en se souvenant : « Mrs Tevis, vous voulez sans doute vous recoiffer un peu et vous laver les mains avant de sortir ? » Elle emmena la vieille dame dans sa chambre.

Cinq dollars, avait dit Maud. C'était le prix de Mrs. Tevis. C'était bien en dessous des tarifs en vigueur pour les femmes de ménage et Alice comprenait maintenant pourquoi. Cinq dollars ! Elle ne méritait même pas ça. Néanmoins, quand elle lui remit le billet plié, elle eut le sentiment d'être un peu mesquine. Mrs. Tevis n'y vit rien à redire.

«Je vous revois demain, alors, chère madame ?» C'était une question. Malgré le salon à moitié nettoyé, les trois heures passées sur l'argenterie, Alice savait qu'il n'y avait pas d'autre réponse possible que oui.

Sur le pas de la porte, Mr. Tevis était intarissable. «Délicieux, dit-il en leur serrant la main, absolument délicieux. Si vous nous supportez, jeunes gens, nous reviendrons. Nous sortons très peu. Et c'est bon pour Bertie, c'est très bon pour elle.» Ses yeux, qu'il baissait vers sa femme, débordaient de tendresse, et il glissa au creux de son bras la petite main brune qu'elle lui tendait, la serrant sous sa main blanche pour lui faire descendre prudemment les marches.

«Eh bien, dis donc ! s'exclama Robert quand la porte se referma. Il est extraordinaire, ce vieux charlatan ! Tu sais, il m'a bien plu.

— À moi aussi. Je suis impressionnée.

— Quel numéro ! gloussa Robert. J'ai marché, pendant un moment. Jusqu'à ce qu'il parle de son bouquin. Le chauffeur de Ben Harrington ! Pour l'amour du Ciel !»

Ils éclatèrent de rire en même temps.

«Quel saltimbanque ! Quel vieux saltimbanque magnifique !

— Je les adore, tous les deux.

— La femme ? Oh ! à côté de lui, elle n'existe pas. Elle ne m'a pas fait grande impression. Complètement insipide. Une petite souris ratatinée.

— Je ne sais pas, dit Alice, songeuse. Je ne sais pas.»

Le lendemain matin, cependant, l'affection d'Alice pour Mrs. Tevis fut mise à l'épreuve. Elle avait donné à la vieille dame quelques vases à épousseter dans le living.

« Mais ce n'est pas un "living-room", la corrigea Mrs. Tevis. Cela s'appelle une "salle de séjour". Cela me fait de la peine, vraiment, d'entendre malmener notre belle langue. »

Alice ressentit un brusque accès de colère. Elle va trop loin, se dit-elle. Elle ne se rend pas compte qu'elle est ridicule, à jouer les grandes dames alors qu'elle fait des ménages pour gagner trois sous, et habillée comme elle est ? Puis elle eut honte, de cette pensée et de son irritation.

Elle demanda à Mrs. Tevis de nettoyer la salle de bains et, tandis qu'elle triait le linge sale dans la cuisine, elle repensa au parcours extraordinaire du couple Tevis. Elle en vint même à reprocher à Robert le ton cavalier qu'il avait pris pour déclarer Mrs. Tevis quantité négligeable. Cet imbécile de mari ! Elle commençait à avoir envie de protéger Mrs. Tevis.

Elle eut besoin d'aller chercher des serviettes propres dans la salle de bains : Mrs. Tevis tapotait la baignoire, elle effleurait les robinets par petites touches. Il faut vraiment qu'on la surveille !

« Mrs. Tevis, demanda-t-elle, effrayée par sa propre audace, dites-moi, Mrs. Tevis. Votre mari a-t-il jamais fait publier quoi que ce soit ? »

Mrs. Tevis reçut la question de bonne grâce. « Mais oui, ma chère. Tout à fait. En Angleterre, avant notre mariage, son essai dans la *Quarterly Review* fut très bien accueilli, il attira quelques commentaires très favorables. Très. » Elle laissa le nettoyage en suspens et sourit à Alice.

« Puis, naturellement, l'idée de son grand livre lui est venue et, depuis, il y consacre toute sa vie.

— Alors, il l'a commencé en Angleterre ?

— Il l'a commencé, oui. Mais nous venions de nous marier, il y avait tellement d'autres sujets de préoccupation. Au début, ça n'allait pas. Il a compris, nous avons compris tous les deux qu'il lui fallait une solitude absolue. C'est alors que nous avons pensé à l'Amérique. Nous connaissions le Far West, voyez-vous.

— Vous êtes allée au Far West ?

— Non, pas si loin. Il y avait d'autres considérations en jeu. Mr. Tevis pensait que nous ne devions pas trop nous éloigner de New York, pour qu'il puisse faire fructifier son petit héritage à la bourse de Wall Street. Nous avons compris qu'il serait nécessaire de ménager nos ressources, confia gravement Mrs. Tevis. À cette époque déjà, il sentait que son livre lui prendrait des années. Alors nous sommes partis pour les monts Catskill. »

Les phrases de Mrs. Tevis commençaient à se dérouler avec la souplesse qui révèle une histoire souvent racontée. « Mon mari a investi une partie de ses biens dans l'immobilier. C'était un terrain boisé, et le bois lui a permis de me construire une maison, une hutte, dirait-on ici.

— Vous voulez dire qu'il l'a construite lui-même ? demanda Alice, incrédule.

— De ses propres mains, répondit fièrement Mrs. Tevis. C'était très courageux de sa part. Vous comprendrez évidemment qu'il n'avait pas l'habitude de travailler de ses mains. C'était une grande maison, dit-elle gaiement, avec une porte et trois fenêtres. Il avait d'abord oublié la cheminée, mais elle fut rajoutée par la suite. Et la forêt était si belle autour de nous. Le seul point noir, poursuivit-elle comme en se parlant à elle-même, c'était la toiture. Vous voyez, il a commencé la construction par le sommet. Cela paraît logique, n'est-ce pas, de commencer un toit par le sommet ? Et bien sûr, cela lui semblait logique à lui aussi. Mais, voyez-vous, les rangées les plus basses de tuiles de bois, je veux dire de shingles, les rangées les plus basses devaient surplomber les rangées supérieures au lieu de se placer en dessous. Vous voyez ce que je veux dire ? Et bien sûr la pluie ne pouvait pas s'écouler. Elle était forcée de s'infiltrer entre les tuiles et de tomber à l'intérieur. Par temps d'orage, la maison était humide, très humide.

— Mais comment vous en êtes-vous sortis ? s'écria Alice. Comment avez-vous pu ?

— Oh ! nous avons mis une bâche au-dessus du lit, ma chère. Et Nevin était courageux, très courageux. Je crains toutefois que nous ne nous y soyons jamais complètement habitués. Je suis sûre que c'est à cette époque-là que Nevin contracta ses douleurs de gorge. Il ne se plaignait jamais, cependant.

— Mais combien de temps avez-vous vécu là-bas ? demanda Alice, atterrée.

— Quatre ans. » L'étrange vieux visage de Mrs. Tevis était radieux, elle semblait s'épanouir en s'épanchant de la sorte. « Quatre années de bonheur ! Une forêt change de jour en jour quand vous y vivez, et Nevin me lisait des passages du livre lorsqu'il était particulièrement satisfait de ce qu'il avait écrit. Ah ! oui… Oui, nous avons vécu là jusqu'à ce que le malheur s'abatte et que Nevin perde tout son argent. Des hommes en qui il avait toute confiance, qu'il croyait être de vrais amis, lui avaient donné de très mauvais conseils pour ses investissements. Mais il ne leur en a jamais voulu, Mrs. Arnold, dit-elle avec dignité. Jamais. Son naturel est admirable, ma chère. » Elle sourit doucement dans le vide.

« Et ensuite ? » osa Alice. Mais elle avait brisé l'atmosphère de confiance. Mrs. Tevis tourna vers elle un regard calme et réservé.

« Ensuite, ce fut assez difficile, bien entendu.

— Mais, le livre de Mr. Tevis ? A-t-il dû renoncer ?

— Il aurait renoncé. En fait, il voulait tout abandonner. Mais c'était hors de question, vous pensez bien. Cela lui fait toujours de la peine lorsqu'il se rend compte que je… que je fais mon possible. Il m'a dit tant de fois : "Bertie, je refuse d'être un fardeau pour vous." C'était bien sûr la raison de notre petit subterfuge, hier.

— Mais vous, qu'avez-vous fait ? » demanda Alice sans détour.

Elle fut presque effrayée par le long silence réprobateur de Mrs. Tevis, puis la réponse vint, sévère : « Beaucoup de choses. » Peu après, comme pour se faire pardonner ce ton sec, elle ajouta : « Pendant un moment, j'ai peint des jouets d'enfants. » Elle serra douloureusement les lèvres.

Alice fut aussi choquée par la peine qu'elle avait causée que par la vérité dévoilée par la brusque taciturnité de Mrs. Tevis. Elle aurait voulu présenter ses excuses.

« Et je suppose, murmura-t-elle, qu'en ces temps difficiles, vous n'aviez qu'à tourner un peu la tête, et tout devenait frais… »

Le visage de Mrs. Tevis s'illumina comme celui d'un enfant. « Comme c'est aimable à vous de vous rappeler cela, chuchota-t-elle. Effectivement, c'est ainsi que cela se passait pour nous. Mais tant de gens sont incapables de voir les choses ainsi. » Son sourire se dissipa dans les nuages puis revint peu à peu. « Mon Dieu, mon Dieu, que voudriez-vous que je fasse pour vous, maintenant ? Que je fasse briller ce miroir ? Il paraît un peu éclaboussé.

— Oui, s'il vous plaît, si vous voulez bien, je vous en prie. » Alice ramassa les serviettes et s'arrêta à la porte. « Mrs. Tevis, vous savez que votre accent est resté très britannique. Depuis combien de temps vivez-vous aux États-Unis ?

— Depuis 1903, répondit placidement Mrs. Tevis. J'avais trente-trois ans, cet été-là. Je ne me suis pas mariée jeune, voyez-vous. Mieux vaut attendre le bon, chère madame. »

Alice emporta les serviettes à la cuisine, horrifiée par son arithmétique implacable. « Elle a quatre-vingts ans, se dit-elle, ébranlée. Elle a quatre-vingts ans. »

Mrs. Tevis continua à remplacer Lydia pendant neuf jours, ou plutôt, elle continua à venir travailler, et Alice lui trouva des tâches aussi légères que possible. Chaque soir, à cinq heures précises, Mr. Tevis venait chercher sa femme, mais il ne s'attardait plus chez eux.

« Il a plus de retenue que je ne lui en aurais prêté », remarqua Robert.

Le dernier jour, Mrs. Tevis portait une paire de chaussures neuves, des richelieus bon marché, pour enfants, en cuir brun et blanc. Elle avait les pieds minuscules ! Elle fit voir les chaussures à Alice, avec une fierté charmante.

« J'avais l'impression que c'était injuste. C'est Nevin qui aurait dû acheter une nouvelle paire. Ses chaussures sont en mauvais état. Mais il ne voulait pas en entendre parler, il a exigé que ce soit pour moi. » Ses yeux pâles étaient embués de plaisir. « Il est d'une nature si généreuse, ma chère. »

Il apparut que les Tevis avaient une autre raison d'épargner à « Bertie » l'infamie des godillots mis au rancart. Ce soir-là, ils « sortaient ». Ils étaient en fait invités à une soirée très chic. Mr. Strohman, Mr. Eli Strohman donnait une réception dans sa galerie, en l'honneur de deux grands peintres français qui venaient d'arriver aux États-Unis, et il y aurait ensuite une petite fête privée, chez lui, pour les amis intimes. Les Tevis devaient apparemment participer aux deux. Si elle l'avait appris du verbeux, du rose et blanc Mr. Nevin Tevis, Alice ne l'aurait jamais cru, mais puisque Mrs. Tevis le lui avait révélé, sa crédulité avait réussi à vaciller toute la journée sur la mince frontière qui sépare l'acquiescement du désaccord. La joie que Mrs. Tevis ne cachait pas avait incontestablement fait pencher la balance.

En fin d'après-midi, Mrs. Tevis parut hésitante lorsque Alice entra dans la pièce.

« Ma chère, si cela ne vous dérange pas trop, j'aimerais connaître votre opinion sur un sujet qui me tracasse un peu, j'en ai peur. »

Alice attendit. Elle en était venue à aimer jusqu'aux circonlocutions oiseuses de Mrs. Tevis.

« C'est ma robe, voyez-vous. Je ne sais pas. Croyez-vous que cette robe-ci soit affreusement déplacée ? Je ne veux pas… je ne veux pas attirer l'attention, vous savez. »

La robe, qui était assurément la même que celle qu'elle portait depuis neuf jours, était si quelconque qu'Alice ne l'avait jamais regardée de près. Elle vit que c'était une cotonnade fanée qui avait jadis été à carreaux mais dont, à force d'être portée et lavée, toute couleur s'était évanouie. Elle avait depuis longtemps perdu la forme qu'elle avait pu avoir ; les manches bâillaient, la jupe tombait de travers et, sous l'ourlet, on distinguait, comme le premier jour, le bas de deux jupons en piteux état. Alice fouilla mentalement sa propre garde-robe, avec frénésie. Le velours bleu…

elle ne l'avait plus mis depuis trois ans, et la robe était trop étroite pour elle. Mais elle était complètement démodée. Serait-ce un obstacle pour Mrs. Tevis ? Son regard détailla avec une ironie féroce la robe que portait sa femme de ménage. Il n'y avait pas vraiment l'embarras du choix. Adjugé. Si seulement j'arrive à la persuader !

« Elle n'est pas si mal, je vous assure », dit-elle prudemment, en prenant doucement Mrs. Tevis par son épaule fragile pour la faire tourner, comme si elle l'inspectait de haut en bas. « Vos vêtements sont toujours si propres, si frais. Mais elle ne fait pas très habillé. Je me demande... » Elle hésita. « J'ai une robe en velours dans laquelle je ne rentre plus. Je ne peux plus la porter, mais vous êtes plus petite que moi. Je la garde parce que j'ai horreur de jeter des vêtements en bon état. Mais elle ne me sert plus. Si vous voulez l'essayer...

— Puis-je la voir ? » demanda Mrs. Tevis. Alice se dit : parfait, le premier obstacle est franchi. Mais elle n'était pas préparée à la moue que fit Mrs. Tevis lorsqu'elle sortit la robe de son emballage protecteur. Sa petite bouche pincée prit un air affamé, ses mains tremblantes palpèrent et repalpèrent la douceur du tissu bleu.

« Oh ! non, chère madame, soupira-t-elle désespérément. Non, vraiment, je ne peux pas. Elle est beaucoup trop belle. La couleur...

— J'aimerais tellement que vous la preniez, dit Alice, d'autant que je ne peux plus la mettre. Je voudrais vous la donner si vous étiez prête à l'accepter.

Je l'ai portée, c'est vrai, donc elle n'est plus neuve. Pourquoi ne l'enfilez-vous pas pour voir comment elle vous va ? »

Mrs. Tevis se laissa convaincre mais, à la stupeur d'Alice, insista pour passer la robe par-dessus les vêtements qu'elle portait. Le velours bleu ne lui allait pas mal, compte tenu de toutes les couches qu'il y avait en dessous, mais le décolleté laissait voir le haut décoloré de la cotonnade. Alice remarqua, non sans appréhension, que la robe était courte et qu'elle arrivait trois centimètres au-dessus du jupon supérieur, de sorte qu'il y avait à présent quatre ourlets superposés au-dessus des chaussures neuves. Mais ce sont les yeux de Mrs. Tevis qui lui firent mal : des yeux d'enfant face à un arbre de Noël. Alice savait qu'elle ne voyait que les moirures du velours. Le cœur noué, elle vit Mrs. Tevis capituler devant l'image que lui renvoyait le miroir.

« Chère madame, vous êtes bien trop bonne avec moi.

— La robe sera encore plus belle sans ces autres vêtements par-dessous », dit Alice, pragmatique.

Mais Mrs. Tevis secoua la tête en souriant. « Oh ! non, ma chère. Je serais gelée. »

La question était réglée. Mrs. Tevis passa le reste de l'après-midi à se reposer, afin de ne pas être fatiguée pour la réception. Elles parlèrent très peu. Les doigts d'Alice lui démangeaient : elle aurait voulu rabattre la cotonnade pour la faire disparaître du décolleté, tirer les quelques centimètres de manche qui dépassaient du velours bleu, mais quelque chose l'en empêchait. Le bonheur de Mrs. Tevis, peut-être. Elle avait peur de faire plus de mal que de bien.

Robert croisa les Tevis sur le pas de la porte alors qu'ils s'apprêtaient à partir et il apprit la grande nouvelle. Ils se dirent au revoir avec effusion. Lorsqu'ils eurent tourné les talons, son mari se tourna vers Alice.

« C'est ta robe ?

— Je la lui ai donnée. Je ne rentre plus dedans.

— Mais, bon sang ! elle ne va pas la porter comme ça, dis-moi ?

— Si, je le crains », dit doucement Alice.

Robert s'effondra sur le canapé-lit en riant.

« Quel couple de vieux idiots ! Mais Alice, qu'est-ce qui te prend ? » Sa femme essayait de rire, mais elle était secouée par les sanglots et les larmes ruisselaient malgré elle sur ses joues.

Le lendemain soir, quand il rentra du bureau, Robert Arnold en avait une bien bonne à raconter à sa femme.

« Tu te rends compte ! Ils connaissent vraiment Strohman.

— Je suis contente », répondit Alice.

Robert Arnold avait rencontré Eli Strohman avec un groupe d'amis lors du déjeuner et il avait mentionné les Tevis devant lui. « C'est exact, vous les connaissez ? avait demandé Strohman.

— Ce sont des amis à vous ?

— De très vieux amis. Ils étaient chez moi hier soir.

— Ils nous avaient dit qu'ils étaient invités. Dites-moi, demanda Robert Arnold, ils ont l'air si bizarre, tous les deux, si... » Tandis qu'il cherchait le mot juste, Strohman eut un sourire. « Par quel miracle les avez-vous rencontrés ? »

Le collectionneur reprit son sérieux. « Vous ne savez donc pas qui elle est ?

— Elle ?

— Oui. Évidemment, je suppose que son nom ne vous évoquerait rien même si je vous le disais. C'était il y a si longtemps. Elle s'appelait Alberta Nigle. Ça vous rappelle quelque chose ?

— Non, je ne crois pas, avoua Arnold.

— Elle est arrivée à Paris dans les années 1890, dit lentement Strohman. J'ai oublié en quelle année, mais c'était encore la grande époque des impressionnistes. Certains, Pissarro, Cézanne, étaient déjà vieux. Mais ils avaient une puissance ! Renoir... passons. C'est alors qu'elle est arrivée, Alberta Nigle, une petite jeune fille sérieuse, volontaire. Mais elle avait une façon d'éclater de rire qui ressemblait à un éclat de peinture jaune sur une palette sombre.

— Elle était peintre ? demanda Arnold, comme Strohman ne poursuivait pas.

— Je n'étais qu'un gamin, reprit Strohman. Seize, dix-sept ans. Je me croyais fait pour l'art, mais je n'avais que l'amour de l'art, pas les mains d'un artiste. Alberta, elle, était déjà douée. Et elle apprenait si vite ! Il lui suffisait de regarder travailler un de ces grands hommes pendant une demi-heure, et elle savait tout. Miraculeux ! En vingt ans, ou même en dix, elle aurait pu tous les surpasser. J'en suis certain.

— C'est drôle qu'on n'ait jamais entendu parler d'elle», dit Arnold.

Strohman fit la moue. «Hum… En fait, elle ne peignit qu'une demi-douzaine de très bonnes toiles, une fois qu'elle eut vraiment trouvé son style. Il y en a deux au Metropolitan Museum. J'ai la chance d'en posséder une.

— Ça alors! commenta Robert Arnold. Mais le mari, dites-moi, c'est lui qui m'a fait l'effet d'être…

— Ah? fit Strohman d'un air poli et indifférent. Oui, un homme charmant. Elle lui est toute dévouée, bien entendu.»

Lydia revint et la maison retrouva sa propreté habituelle. Les semaines passèrent sans qu'ils revoient les Tevis et, peu à peu, le vieux couple s'effaça de leur esprit. Alice avait d'abord ruminé plusieurs jours l'histoire racontée par Strohman. Elle était peintre. Était-ce pour cette raison que les petites mains brunes se déplaçaient si vite, par tâtonnements? Mais il y avait dans le souvenir de Mrs. Tevis quelque chose qui la mettait mal à l'aise et Alice fut presque soulagée de la laisser s'évanouir de sa mémoire.

Trois mois s'étaient écoulés quand, un soir où Robert était avec des amis et où Alice était seule à la maison, on sonna à la porte. Mrs. Tevis attendait, tremblante et encore plus évanescente, plus fragile qu'Alice ne se le rappelait.

«J'espère que je ne vous dérange pas trop, ma chère?» demanda-t-elle, et il y avait dans sa voix haut perchée une tension qui donna momentanément à Alice l'impression d'un cri perçant.

Lorsqu'elle s'assit dans le salon, son visage prit une pâleur livide telle qu'Alice courut à la cuisine, prit l'un de leurs grands verres à bourgogne et le remplit de sherry à ras bord. Mrs. Tevis y but deux gorgées, tandis qu'Alice le tenait contre ses lèvres, mais n'y toucha plus une fois qu'elle l'eut reposé. Le verre resta sur la table basse à côté du fauteuil comme un bol d'ambre rougeoyant à la lumière du feu de cheminée.

Mrs. Tevis se mit à bavarder, de tout et de rien. Des neuf jours qu'elle avait passé chez les Arnold, du temps qu'il faisait, de son enfance en Angleterre ; c'étaient des lambeaux de souvenirs disjoints qu'elle ramassait puis laissait retomber sans lien entre eux, sans raison. Et derrière le bavardage, on entendait, tendu comme un fil, le terrible gémissement de douleur, de crainte. Alice sentait son cœur battre plus vite.

« Voyons, Mrs. Tevis, dit-elle doucement, il y a quelque chose qui ne va pas ? »

Les yeux de Mrs. Tevis se fixèrent peu à peu sur la réalité. « Merci, chère madame, murmura-t-elle, merci beaucoup. Vous me rendez la tâche plus facile. Voyez-vous, dit-elle d'un air malheureux, j'ai dû marcher toute la journée. Je n'avais pas les moyens de me payer l'omnibus. » Ses mains furent prises d'un tremblement spasmodique. « Et je suis d'abord allée chez Maud, mais les voisins m'ont dit qu'elle n'était pas en ville en ce moment. Et cela fait bien huit kilomètres. Puis je suis venue ici, dans l'espoir... »

Et cela faisait bien trois kilomètres, de chez Maud jusque chez eux. Rien d'étonnant à ce que la pauvre vieille soit épuisée. « Je vous en prie, reprenez un peu de sherry, insista Alice.

— Non, non, ma chère. Cela me monterait à la tête… et voyez-vous, Nevin a tellement besoin de bouillon de poule… Oh ! mon Dieu ! Je ne sais plus ce que je suis venue vous demander. C'est si difficile. Il n'avait encore jamais été malade. Et, bien entendu, je ne peux pas aller travailler à l'extérieur et le soigner en même temps, n'est-ce pas ? Et il faut qu'il mange, pour reprendre des forces. Il est si faible qu'il me fait peur, je vous assure.

— Mais nous allons vous aider, cela va de soi, dit Alice. Pourquoi ne me l'avez-vous pas dit tout de suite ?

— C'est si difficile, vraiment, marmonna Mrs. Tevis. Je suis venue vous demander de me prêter un dollar. Je vous le rendrai à la première occasion. Ce sera une obligation sacrée… » Son discours était monocorde, préparé.

« Écoutez, commanda Alice, je veux que vous vous allongiez un moment. Vous n'en pouvez plus. Ensuite, dès que mon mari reviendra avec la voiture, il vous reconduira chez vous et nous vous laisserons de l'argent et de la nourriture pour votre mari.

— Ah ! non, s'écria Mrs. Tevis, non. Je devrais déjà être partie. » Il y avait en elle une frénésie, une insistance, comme si Alice voulait la garder prisonnière. « Non, non, je ne peux pas ! S'il se réveillait et ne me trouvait pas à son chevet…

— Très bien, Mrs. Tevis, fit vivement Alice pour l'apaiser. Je vous en prie, faites comme vous voudrez. Mais permettez-moi de mettre deux ou trois choses dans un panier, vous n'êtes pas en état de faire des courses ce soir. Puis je vous accompagnerai jusqu'à votre autobus. » Elle tapota la vieille épaule fragile tout en se dirigeant vers la cuisine, mais alors que ses mains parcouraient distraitement les étagères, elle se sentit terrorisée. Les bras de la vieille dame s'agitaient, battaient, claquaient sur les accoudoirs du fauteuil.

Du bouillon de poule, justement. Deux boîtes. Et un sachet de soupe de légumes. Des biscottes. Une demi-livre de beurre, un pamplemousse... Pourquoi n'avait-elle pas plus de réserves ? Elle déplia une serviette pour dissimuler le contenu du panier et revint dans le salon.

Mrs. Tevis s'efforça de se lever, tremblant comme une feuille, mais son visage réchauffé par la gratitude avait la beauté d'une aurore. Les lignes nettes de son petit crâne étaient visibles sous la chair qui le défigurait. Une sorte de gloire merveilleuse brillait à travers elle. Elle tendit la main pour prendre le panier, puis s'effondra lentement et tendrement aux pieds d'Alice, en un tas semblable aux pétales d'une rose que le vent emporte et dépose mollement à terre.

Le médecin des Arnold était injoignable. Les infirmiers qui arrivèrent dans l'ambulance ne voulurent pas se prononcer. Alice ne supportait pas l'idée qu'on la mette dans la salle commune de l'hôpital.

« Nous paierons ; pour un jour ou deux, en tout cas », dit-elle, dans l'espoir que Robert ne lui en voudrait pas trop. Mais la facture s'avéra légère. Mrs. Tevis mourut le soir même à l'hôpital. D'épuisement et de malnutrition, leur dit le docteur. Non, non !

Et personne ne savait où trouver le mari. Les Arnold n'avaient jamais eu l'adresse des Tevis. C'est Maud qui avait contacté Mrs. Tevis pour eux, et Maud était partie dans le Sud avec son mari, pour une longue balade en voiture, sur un coup de tête. Strohman était à Londres. Personne ne savait rien d'eux. Un numéro de téléphone ? Ils n'avaient jamais eu les moyens d'avoir le téléphone. Ils habitaient sans doute un meublé. La police ne s'inquiéta pas beaucoup de localiser un vieillard à son domicile, jusqu'au jour où Alice hurla à l'oreille du commissaire que l'épouse était morte de faim, morte de faim ! Puis ils entreprirent des recherches méthodiques. Ils le trouvèrent au bout de trois jours, au dernier étage d'un immeuble décrépit. La logeuse parut gênée : il était mort lui aussi, de pneumonie, d'après le médecin de la police. Non, il ne présentait aucun signe de sous-nutrition.

Comme Strohman était à l'étranger, les Arnold emportèrent l'énorme manuscrit qu'on trouva sur le vieux bureau. Il était rédigé à la main, sur du papier gris dont une bonne partie était devenue jaunie et craquante. Ils passèrent longtemps à le déchiffrer, page après page. Et il n'y avait rien. Rien que des notes disjointes, des chaînes de mots... des demi-paragraphes... des petits dessins... des pages de ronds et de croix... des phrases inachevées. Rien.

« C'est intolérable, dit Alice à son mari.

— C'est vraiment trop bête, compatit Robert. Mais ils sont sans doute mieux là où ils sont, tous les deux. » Il la regarda un instant, puis reprit le journal du soir et s'installa dans son fauteuil.

Alice parcourut lentement des yeux ce salon qu'elle connaissait bien, si rassurant, si ordinaire. Si plat, si vide. Et tout à coup elle vit, comme des choses tangibles, les années fondre sur elle, jour après jour. Elle se rappela tout à coup, vivement, la douleur et la gloire qu'elle avait lues sur le visage de la vieille Mrs. Tevis, et elle eut envie de hurler son désespoir à son mari, de s'accrocher à lui. Mais Robert était plongé dans les pages sportives.

Titre original : *The Blown Rose.*
Publié en 1953 dans la revue *Woman's Day*.

Table

Humiliation 7
Remords 41
Mélancolie 75
Solitude 119

Du même auteur,
aux Éditions Autrement :

INCONNU À CET ADRESSE
JOUR SANS RETOUR

Composition réalisée par CHESTEROC Ltd

Achevé d'imprimer en octobre 2006 en France sur Presse Offset par

BRODARD & TAUPIN

GROUPE CPI

La Flèche (Sarthe).
N° d'imprimeur : 38222 – N° d'éditeur : 77774
Dépôt légal 1re publication : novembre 2006
LIBRAIRIE GÉNÉRALE FRANÇAISE – 31, rue de Fleurus – 75278 Paris cedex 06.

31/1570/6